Sina Blackwood

DAS GLÜCK SAß AUF DER MAUER

AF221065

Bibliografische Informationen der Deutschen Nationalbibliothek:
Die Deutsche Nationalbibliothek verzeichnet diese Publikation in der Deutschen Nationalbibliografie; detaillierte bibliografische Daten sind im Internet über http://dnb.de abrufbar.

© 2. Auflage: März 2022

© Coverbild: Barrel Wineglasses And
                        Bottle in Vineyard At
                        Sunset © Romolo Tavani

Umschlaggestaltung: Sina Blackwood
Layout: Sina Blackwood

Herstellung und Verlag:
BoD – Books on Demand, Norderstedt
ISBN: 9783752622591

Inhaltsverzeichnis

Heißes Treffen...4

Contrada del Drago 22

Gelüftete Geheimnisse...............................46

Entscheidungen...71

Sehnsucht...103

Auf den Straßen nach Süden.......................123

Der Empfang 144

Die Märchenhochzeit des letzten Conti........158

Der Herr der Weinberge..............................179

Wie man sich bettet 206

Neue Herausforderungen...........................228

Mit allem gut im Rennen............................240

Heißes Treffen

„Es gibt Tage, da sollte man einfach im Bett bleiben", murmelte Lea, ihren Coffee to Go und ein Stück ofenfrischer Pizza über die Straße jonglierend. Nun saß sie auf einer kleinen Mauer neben einem der jahrhundertealten Häuser, um zu essen und zu überlegen, wie es weitergehen solle.

Ein paar Stockwerke über ihr schien gerade jemand denselben Gedanken, bezüglich des im Bett Bleibens, zu hegen, denn eine weibliche Stimme zeterte in typisch italienischer Manier. Die männliche Stimme wagte es, hin und wieder einen sehr viel leiseren und langsameren Satz zu erwidern. Dann ein erschreckter Ausruf, dem ein Krachen und Scherbeln folgte. Eine Tür flog krachend ins Schloss und Sekunden später rannte eine Frau aus dem Haus, noch immer wie ein Rohrspatz schimpfend. Sie sprang in einen klapprigen Fiat Cinquecento und fuhr mit kreischenden Reifen davon.

Noch einmal eilige Schritte auf der Treppe, dann stand ein schwarzhaariger, schlanker Mann auf dem Gehweg, der sich ein blutbesudeltes Handtuch an die Stirn presste. „Accidenti!", brummte er, der Staubfahne, die das davonrasende Auto hinter sich herzog, mit den Augen folgend. Er taumelte drei Schritte rückwärts.

Ehe Lea einen klaren Gedanken fassen konnte, drehte er sich um, stolperte über ihre

Beine und stieß sie im Fallen von der Mauer. Pizza und heißer Espresso verteilten sich über ihre und seine Kleidung, denn er landete mit tiefstem Entsetzen in den Augen direkt auf ihr. Schmerz und Schreck raubten ihr fast den Atem.

„Oh mio Dio! Come è terribile! Per favore perdona!" (Oh, mein Gott! Wie furchtbar! Verzeihen Sie bitte!), hauchte er, sich mühsam aufrappelnd, um sofort auch ihr aufzuhelfen.

Lea zitterte am ganzen Körper. Dann brach sie zusammen. Es war einfach zu viel, was ihr das Schicksal an einem einzigen Tag um die Ohren schlug.

Als sie langsam wieder zu Bewusstsein kam, hörte sie zwei Stimmen wispernd eine Unterhaltung in geschäftsmäßigem Ton führen. Ganz vorsichtig öffnete sie die Augen, die schon beim ersten Blick tellergroß wurden. Statt des postkartenblauen Himmels mit strahlendem Sonnenschein, gewahrte sie eine meisterhaft gearbeitete Stuckdecke in einem wohltemperierten Raum. Das von der Hitze verdorrte Gras war einem weichen Untergrund gewichen. Wie ein Krankenhaus sah es jedenfalls nicht aus, auch wenn der eine Mann am Fenster einen weißen Kittel und ein Stethoskop um den Hals trug.

„Ah, sie ist aufgewacht!", hörte sie den anderen auf Englisch sagen, worauf sich ihr beide zuwandten. „Wie fühlen Sie sich?"

„Wie zwischen Mühlsteine geraten", flüsterte Lea matt.

„Es war nicht meine Absicht, Sie zu verletzen", versuchte der Schwarzhaarige, leise zu erklären. Er trug einen dicken Verband um den Kopf und sah ziemlich mitgenommen aus.

Lea erinnerte sich. „Ich weiß. Es war ein unglücklicher Zufall. Wo bin ich hier?", fügte sie fragend hinzu, weil die Wände wappengeschmückt waren und auch das Mobiliar sehr edel wirkte.

„In meinem Haus", erklärte der Fremde. „Ich bin Giovanni Conti. Ich konnte Sie doch nicht verletzt auf der Wiese liegen lassen! In der Hitze hätten Sie sterben können, ehe der Arzt eintraf."

„Angenehm. Lea Minnich." Sie versuchte, in seinen Augen zu lesen, aus denen echte Sorge sprach.

„Doktor Ricci hat Ihren Kreislauf stabilisiert und die Verbrühungen mit kühlendem Gel behandelt. Er meint, in zwei oder drei Tagen sollten die Schmerzen nachlassen. Er kommt morgen noch einmal nach Ihnen schauen."

Der Arzt nickte und verabschiedete sich. In Leas Kopf herrschte das totale Chaos. Gedanken blitzten auf und erloschen wieder.

Giovanni setzte sich auf einen Stuhl neben dem breiten Sofa. „Es tut mir aufrichtig leid, Ihnen den Tag verdorben zu haben."

Lea lachte auf. „Wenn Sie wüssten! Ach, was soll es! Ihnen hat man ja nicht viel besser mitgespielt." Sie deutete auf seinen Verband.

„Unübersehbar und wahrscheinlich auch unüberhörbar", gab er zu, ahnend, dass sie auf der Mauer praktisch Beobachterin in vorderster Reihe gewesen war. „Außer einer Platzwunde mit Gehirnerschütterung hat der Spaß knapp 10000 Euro Schaden verursacht. Behandlungskosten gar nicht mit eingerechnet."

„Sie hat doch nicht etwa mit einer chinesischen Porzellanvase nach Ihnen geworfen?!", platzte Lea heraus.

„Doch. Hat sie." Giovanni schaute Lea erstaunt-neugierig an. „Bevorzugen Sie etwa die gleichen Waffen?"

Lea schmunzelte. „Ich war noch nie in so einer Lage. Wenn ich mich wehren müsste, würde ich aber sicher auch alles verwenden, was ich zwischen die Finger bekäme."

„Ich habe Romina weder angefasst noch mit Worten bedroht", erklärte Giovanni, fast hilflos abwinkend.

Lea versuchte, sich aufzusetzen. Giovanni schob ihr fürsorglich ein Kissen unter, wobei er die dünne Decke festhielt, mit der Lea zugedeckt war. „Vorsichtig! Ihre Kleidung habe ich in die Schnellreinigung bringen lassen."

Sie lächelte dankbar. „Ich kann mir nicht vorstellen, dass Sie handgreiflich werden. Sie haben ihr gegenüber mit völlig ruhiger Stimme gesprochen."

„Normalerweise beherrsche ich auch schwierige Situationen. Keine Ahnung, warum sie derart aggressiv geworden ist", überlegte Giovanni laut. „Apropos Situation – ich habe in Ihrem Hotel angerufen, damit man Sie nicht vermisst."

„Und Sie haben vermutlich herausgefunden, dass ich allein eingecheckt habe, sonst hätten Sie mich in ein Krankenhaus bringen lassen", erwiderte Lea.

„Sagen wir so: Es hat mich in dem Entschluss bestärkt, Sie hier behandeln zu lassen", gab er lächelnd bekannt. „Ich kann kein weiteres Aufsehen gebrauchen. Der Streit und was ich Ihnen zugefügt habe, werden morgen sowieso schon Tagesthemen sein."

Leas Blick streifte die Wappen, worauf Giovanni kaum merklich nickte. Dann erschrak er. „Ich texte Sie hier zu und vergesse völlig, dass Sie Durst und Hunger haben werden." Er stemmte sich etwas unsicher auf die Beine, öffnete einen kleinen Barschrank, dem er eine gut gekühlte Saftflasche entnahm. Aus dem Fach darüber zog er ein Glas, welches er sofort füllte. Dann zückte er das Handy. „Essen Sie Pasta mit Pilzen?"

„Sehr gern sogar", gab Lea bekannt.

„Hervorragend!" Dem Gespräch entnahm sie, dass er Tagliatelle ai funghi porcini bestellte, was man als ihr absolutes Lieblingsessen bezeichnen konnte.

„Sie scheinen ein wenig Italienisch zu verstehen", mutmaßte er, ihren Blick deutend.

„Ein wenig", lachte Lea. „Und wohl nur, wenn es ums Essen geht."

Giovanni schloss für zwei Sekunden die Augen. Offenbar rumorte die Gehirnerschütterung schlimmer, als er zugeben mochte.

„Wollen Sie sich nicht lieber etwas ausruhen?", fragte sie besorgt.

„Und Sie ganz allein lassen? Keinesfalls!" Mit einer Handbewegung wischte er weitere Einwände vom Tisch.

Das Läuten an der Haustür beendete für den Moment die Diskussion. Giovanni drückte den Türöffner.

„Mamma Mia! Was ist denn mit Ihnen passiert?", fragte eine Männerstimme völlig perplex.

Lea nutzte die Gelegenheit, unter ihre Decke zu spähen. Aufatmend stellte sie fest, dass sie zumindest Unterwäsche trug, wenn auch vom Espresso völlig verfärbt. Die stark geröteten Hautpartien zogen sich vom Dekolletee über den Bauch bis fast zu den Knien. Auf einem Sideboard lag das hilfreiche Kühlgel.

Giovanni kam mit zwei großen, aufeinander gestapelten Styroporboxen zurück. Er stellte sie auf dem Tisch ab und wandte sich Lea zu. „Was halten Sie davon, einstweilen eins meiner langen T-Shirt überzuziehen?"

„Ziemlich viel", blinzelte sie.

Sie erhielt sofort ein blütenweißes Shirt, streifte es über, um vorsichtig aufzustehen. Klar rebellierten die verbrühten Areale, aber das war durchaus erträglich, zumal der Stoff die Haut kaum berührte. Giovanni zeigte ihr den Weg zum Badezimmer, um sich schnell dem Auspacken der beiden Boxen zu widmen. Als Lea zurückkam, schaute er ihr sehr interessiert entgegen. Sie hatte mit wenigen Handgriffen ihr langes Haar hochgesteckt und den Schulterriemen der Stofftasche zum Gürtel umfunktioniert. Das viel zu große T-Shirt wirkte so wie ein kurzes Kleid. „Umwerfend. Einfach umwerfend", murmelte er, Lea den Stuhl am Tisch zurechtrückend.

Sie bedankte sich lächelnd, um staunend zu betrachten, wie wundervoll Hauptspeise und Nachtisch arrangiert waren. Giovanni hatte zudem Wasser mit Eiswürfeln und einer Zitronenscheibe bereitgestellt und eine Flasche leichten Weißwein. Er wünschte guten Appetit.

Lea fand schon beim ersten Kosten heraus, dass alle Zutaten frisch verarbeitet worden waren und, den wundervollen Porzellanplatten nach, mit ziemlicher Sicherheit aus einem 5-Sterne-Restaurant stammen mussten. Giovanni schmunzelte innerlich, weil er ihr die Gedanken direkt am Gesicht ablesen konnte. Zugleich stimmte es ihn froh, dass sie es sofort bemerkt hatte. Romina schlang stets alles gleich emotionslos hinein, egal ob Fastfood oder die Speisen eines Edeldinners. Er erschrak regelrecht, als er sich ertappte, die Frauen miteinander zu vergleichen. Doch wenn er ehrlich war, hatte Lea im kleinen Finger mehr Stil als Romina im ganzen Körper.

„Was macht sie beruflich?", hörte er Lea fragen, die seine Gedanken erraten hatte.

„Nichts, von dem ich wüsste", gab Giovanni nach kurzem Nachdenken Auskunft, irritiert durch Leas kaum merkliches Lächeln.

„Und womit finanziert sie ihren Lebensunterhalt?", staunte sie.

Giovanni schaute sie an, wie einer, der unsanft aus süßen Träumen gerissen wurde.

„Verzeihen Sie. Solche Fragen stehen mir nicht zu", flüsterte Lea.

„Die Antworten darauf wären aber sicher interessant", gab er zu, mit den Fingerspitzen seinen Nasenrücken massierend. „Nun bin ich natürlich neugierig, was Ihr Betätigungsfeld ist."

„Das ist kein Geheimnis", lachte Lea. „Ich bin, im weitgefassten Sinn, Kunsthandwerkerin. Ich kreiere Schmuck und Bekleidungsaccessoires. Aus diesem Grund bin ich gestern Abend auch nach Siena gekommen."

„Um Geschäftspartner zu treffen?"

„Um jemanden persönlich kennzulernen, der mir eine Partnerschaft vorgeschlagen hatte", erwiderte Lea mit finster zusammengezogenen Augenbrauen.

„Ich ahne Schlimmes", murmelte Giovanni.

Lea nickte. „Er hat mich weder vom Bahnhof abgeholt, wie versprochen, noch ist er telefonisch erreichbar. Das Haus, wo sein Büro sein

11

soll, gibt es nicht. Womöglich jage ich einem Phantom nach. Ich hoffe nur, dass meine Musterkollektion im Hotel sicher ist."

„Und dann komme ich daher und gebe Ihnen durch meine Tollpatschigkeit auch noch den Rest." Giovanni seufzte.

„Genau so fühlte es sich an", gab Lea zu.

„Was werden Sie nun tun?"

„Um darüber nachzudenken, hatte ich mich auf die Mauer gesetzt", erwiderte sie. „Ich weiß es nicht. Ich hatte eine Woche veranschlagt, um auch etwas von der Stadt kennzulernen. Ich denke, die sollte ich nutzen, zumal ich im Augenblick nicht in der Lage wäre, eine lange Zugfahrt durchzuhalten."

„Ich würde Ihnen gern die Sehenswürdigkeiten zeigen!", rief Giovanni erfreut. „Könnten Sie sich vorstellen, bei mir ein Fremdenzimmer zu beziehen? Kostenlos natürlich!", fügte er rasch und mit flehendem Blick hinzu, weil Lea ihre Finanzen zu überrechnen schien.

Sie sah ihn prüfend an und nickte. So entging ihr auch nicht, wie sich Giovannis Gesicht mit einem erleichterten Lächeln schmückte.

„Wenn Ihre Kleidung aus der Reinigung zurück ist, fahren wir zum Hotel und regeln alles", schlug er vor, gleichzeitig die Weinflasche öffnend. Er schenkte ein, hob sein Glas: „Mögen Sie wundervolle Tage in Siena haben!"

Lea stieß mit ihm an. „Genau so soll es sein! Ich bin selten spontan, aber ich habe ein gutes Gefühl dabei."

„Danke!", strahlte Giovanni. Er packte Geschirr und Besteck in die Boxen zurück, welche er sogleich neben der Wohnungstür abstellte. Das im selben Augenblick ertönende Klingeln quittierte er mit einem Schreckensruf. Lea grinste vergnügt. Es war der Lieferservice der Reinigung.

Giovanni führte Lea in das gediegen ausgestattete Apartment, das er ihr als Urlaubsdomizil zugedacht hatte. Sie kleidete sich sofort an. Auf dem Flur traf sie ihn wenige Minuten später. Er hatte den Verband abgelegt, um sich skeptisch im Spiegel zu betrachten. Eine fünf Zentimeter lange Platzwunde, durch mehrere durchsichtige Strips zusammengehalten, einfasst von einem großen schwarzblauen Fleck, zierte seine Stirn. „Wirklich besser sieht es ohne Verband nicht aus", stellte er lakonisch fest.

„Dann sollten Sie ihn lieber wieder anlegen", riet Lea und legte selber Hand an, als er die zusammenknüllte Binde, unschlüssig zwischen den Fingern drehte. Sie wickelte etwas sparsamer in der Breite, als es Dr. Ricci getan hatte.

„Perfetto grazie mille!" (Perfekt, vielen Dank!)

Lea schmunzelte. „Prego!" (Bitte!)

Giovanni rief ein Taxi, denn er wollte sie nicht gefährden, indem er selbst fuhr. Der Brummschädel und das Schwindelgefühl waren einfach zu stark. Der Fahrer riss erstaunt die Augen auf. Er schien Giovanni, der sich neben ihn setzte, bestens zu kennen. Lea konnte mehrmals das Wort *Duca* heraushören und verstand auch, als Giovanni unwillig auf Italienisch sagte: „Sie sollen mich nicht so nennen, wenn Fremde dabei sind!"

„Denken Sie, sie versteht es?", blinzelte der Fahrer.

„Ich möchte fast darauf wetten." Vor dem Hotel bekam der Chauffeur die Order, zu warten. Für Lea legte Giovanni fest: „Sie packen und ich kümmere mich an der Rezeption!"

Sie eilte schnurstracks zum Lift, damit beide nicht so lange warten mussten. Waschtasche, Nachthemd und Badeschlappen waren schnell im Koffer verstaut und Lea war innerhalb von zehn Minuten wieder in der Halle, womit sie Giovanni völlig überrumpelte, der blitzschnell seine Brieftasche einsteckte. Sie gab ihren Schlüssel ab und wollte die gebuchten Tage bezahlen. Giovanni nahm ihr einfach das Gepäck aus der Hand, drehte sie vorsichtig an den Schultern in Marschrichtung Ausgang und rief: „Arrivederci!"

Ein vergnügtes Lachen antwortete ihm vom Tresen.

Der Taxifahrer öffnete den Kofferraum, verstaute das Gepäck und beobachtete aus den Augenwinkeln Lea, die kaum merklich vor sich hin lächelte. Er hätte zu gern gewusst, ob sie die

Neue an Contis Seite war. Der dicke Kopfverband heizte zusätzlich die Fantasie an. Allerdings deutete der kleine Koffer, der mit dem auffälligen doppelten Sicherheitsschloss, eher auf eine geschäftliche Verbindung hin. Denn wohl jeder in der Stadt wusste über Conti, dass der niemals hübsche Frauen anbaggerte, um sie dann einfach fallen zu lassen. Wobei ... hübsch ... diese Romina mochte es vielleicht einmal gewesen sein ... vor der Zeit von tonnenweise Spachtelmasse im Gesicht. Er konnte sich nicht erinnern, sie ohne Farbe, dolchspitze künstliche Fingernägel und weißblond gefärbte Haare gesehen zu haben.

„Die Ampel war rot", stellte Giovanni lakonisch fest, während Bremsen kreischten und sich Lea entsetzt an den Sitz krallte.

„Mamma mia!", hauchte der Fahrer erbleichend und stammelte unzählige Entschuldigungen.

„Sie sollten sich weniger einen Kopf darüber machen, ob sie meine Geliebte ist, als uns sicher nach Hause zu bringen", brummte Giovanni verstimmt.

Vor der Haustür zahlte er die Fahrt, gab reichlich Trinkgeld und öffnete Lea die Autotür. Die beiden Koffer übernahm er auch sofort, wobei er den Musterkoffer mit der linken Hand trug, um ihn beim Aufschließen nicht noch einmal absetzen zu müssen. „Bisher war Marcello immer ein Muster an Verlässlichkeit gewesen", erklärte er im Treppenhaus. „Aber heute hätte ich wohl doch lieber selber fahren sollen."

„Irgendwie passt es zu diesem völlig verrückten Tag", stellte Lea kopfschüttelnd fest.

„Wahre Worte!", bestätigte Giovanni, das Gepäck in ihrem Zimmer absetzend. Er schaute auf die Uhr. „Ich muss noch etwas Geschäftliches erledigen, dann können wir ganz in Ruhe den Tag ausklingen lassen, wenn Sie möchten."

„Ich freue mich darauf", gab Lea zu.

Kaum hatte sich die Tür hinter ihm geschlossen, suchte sie frische Unterwäsche aus dem Koffer, legte das Nachthemd unters Kopfkissen, stellte die Kulturtasche ins Bad und freute sich auf das Duschen. „Das war wohl nix!", stöhnte sie mit verdrehten Augen, weil sie in der Aufregung völlig vergessen hatte, dass das ihrer geröteten Haut wenig zuträglich gewesen wäre. Auf das Klopfen an der Tür, rief sie sofort: „Treten Sie ein!"

Mit den Worten: „Sie werden es sicher brauchen", legte Giovanni das Kühlgel auf den Tisch und verschwand wieder.

Lea widmete sich einer ausgiebigen Körperpflege, trug das lindernde Gel flächendeckend auf, dann legte sie sich in Giovannis T-Shirt gekleidet auf das Bett. Die Aufregung des Tages forderte Tribut und sie schlief fast eine ganze Stunde wie ein Murmeltier. Gut ausgeruht schlüpfte sie in ein cremefarbenes Nesselkleid und legte Olivenholzschmuck aus eigener Fertigung an. Noch schnell das Haar hochstecken und in die farblich zum Kleid passenden flachen Stoffschuhe schlüpfen, dann war sie für den Abend bereit.

Giovanni honorierte das Outfit mit einem erfreuten Lächeln. Er hatte aber auch nicht wirklich befürchtet, sie werde im kurzen Schwarzen mit Stilettos die Tür öffnen. Er selbst trug eine helle Leinenhose zum weißen Polohemd. „Ich habe den Grill vorgeheizt", verriet er, sie am Arm auf die gemütliche Terrasse hinterm Haus führend.

Lea staunte. Von Fleisch bis zu Gemüse gab es Dutzende Möglichkeiten, das Grillgut zusammenzustellen. Sie erinnerte sich, das Logo auf den Holzbrettchen auch auf dem Porzellan gesehen zu haben. Giovanni hatte die Speisen also wieder bringen lassen. Er musste sie nur noch ganz nach Wunsch garen.

„Es wird gegessen, was der Gastgeber auf den Tisch bringt", erklärte Lea kurz, als er wegen Sonderwünschen fragte. „Wer bei dieser Auswahl mäkelt, dem ist wahrscheinlich nicht zu helfen."

Giovanni nickte, was er nicht hätte tun sollen, denn sofort explodierte in seinem Kopf eine Supernova, die ihn taumeln ließ.

„Hinsetzen!", befahl Lea. „Nun wird gegessen, was ich auf den Tisch stelle!" Sie band sich die Grillschürze um und übernahm die Regie.

„Ich bin dankbar, dass Sie so unkompliziert sind", gab Giovanni kleinlaut zu.

Als die Steaks fast gar waren, wickelte Lea verschiedenes Gemüse in Folie und schob es an den Rand des Grills. Giovanni öffnete eine Flasche Wein. Nebenbei beobachtete er Lea, die seine Fantasie beflügelte. Nicht als Sexobjekt. Sie sprach seine romantische Ader an.

Als sie die Teller füllte, zündete er die Windlichter auf dem Tisch an. Sie setzte sich ihm gegenüber, um ihm in die Augen sehen zu können, wenn sie sich unterhielten. Und schon wieder ertappte er sich dabei, sie mit Romina zu vergleichen, die nie jemanden direkt ansah und meist sogar eine verspiegelte Sonnenbrille trug.

„Woran denken Sie?", fragte Lea, als er für einen Moment abwesend wirkte.

„Daran, wie gut es tut, eine Stimme in normaler Lautstärke zu hören, statt hysterisches Kreischen", antwortete er zufrieden lächelnd.

„Ziemlich offene Ansage", bemerkte Lea trocken.

Er hob die Schultern, „Ich weiß."

„Terrorisiert sie Sie schon lange?"

„Eine Weile. Dabei leben wir nicht einmal zusammen", erwiderte Giovanni düster. Er betastete seinen Verband. „Ich habe nicht erwartet, dass sie die Vase wirklich wirft. Bisher ist sie stets mit großem Getöse verschwunden, um am nächsten Tag reumütig vor meiner Tür zu stehen."

Lea hob die Augenbrauen.

„Ja, ich habe sie jedes Mal wieder reingelassen. Heute weiß ich, dass das ein großer Fehler war", murmelte er.

„Oh je, Sie kommen sich sicher vor, wie beim Polizeiverhör", seufzte Lea. „Stoßen wir lieber auf einen zauberhaften Abend an."

„Aber gern doch!" Er hob sein Glas. „Ich komme mir übrigens eher wie bei einer Unterhaltung mit einer guten Freundin vor, der meine Belange nicht völlig egal sind. Ich weiß auch nicht, ob ich jemals so umfassend Auskunft gegeben habe."

„Ich sollte vielleicht Seelenklempnerin werden", witzelte Lea, worauf er jungenhaft grinste.

Lea hatte das Etikett der Weinflasche studiert. Sie schnupperte ausgiebig am Glas, kaute den ersten Schluck andächtig, von Giovanni aufmerksam beobachtet. „Er ist fantastisch", verkündete sie. „Ich habe ihn heute Mittag schon sehr genossen."

„Deshalb habe ich ihn auch für den Abend reserviert", gab Giovanni bekannt. „Ich möchte, dass Sie wirklich wundervolle Erinnerungen mit nach Hause nehmen."

Lea schaute ihm lange, ganz tief in die Augen. „Sie sind der ungewöhnlichste Mensch, der mir jemals begegnet ist, und wohl auch der geheimnisvollste."

„Ein Kompliment, das ich gern zurückgeben möchte", schmunzelte Giovanni. Es imponierte ihm wirklich, dass sie ihn nicht zu seinen Lebensumständen aushorchte, wie es andere junge Damen stets taten. Stattdessen sprachen sie über Leas Zugfahrt.

„Ich war ganz einfach zu feige, das Auto zu nehmen", gab sie freimütig zu. „Das Maut-system erscheint mir, wie Buch mit sieben Sie-geln. Ich habe schon Blut und Wasser geschwitzt, als ich in Österreich zum Patscher-kofel gefahren bin, wo das System ja eindeutig ist."

Giovanni schmunzelte. Er konnte sich durch-aus vorstellen, wie abschreckend der Maut-dschungel für jemanden sein musste, der ihn noch nie genutzt hatte.

„Ich hätte es vermutlich nicht hinbekommen, irgendwelche Reisekosten halbwegs richtig zu planen. Mit dem Zug sind es rund 200 Euro hin und zurück, habe aber feste Zugbindung. Da darf sich unterwegs nichts Ungeplantes ereignen."

„Und was ist bei Verspätung?", fragte Gio-vanni verständnislos.

Lea hob hilflos die Schultern. „Die musste ich mit einrechnen. Ich bin also zwei volle Tage pro Strecke unterwegs."

„Warum sind Sie nicht geflogen und haben für die letzte Etappe ein Taxi genommen?"

„Die Antwort muss ich Ihnen schuldig bleiben", seufzte Lea. „Ich habe, ehrlich gesagt, nur nach Zugbindungen ab Heimatort geschaut, um die rund 80 Kilometer Bahnfahrt zum Flughafen in Dresden zu vermeiden."

„Wegen der Finanzen?"

Lea nickte. „Aber Sie werden zugeben, dass es sich lohnt, die wundervollen Landschaften während einer langen Zugfahrt zu bestaunen!"

„Frauen und ihre Gegenargumente", witzelte Giovanni. „Wobei ich dieses durchaus gelten lasse."

Gegen Mitternacht räumten sie gemeinsam die Grillutensilien weg, packten das geliehene Equipment zurück in die Transportboxen, wünschten sich eine gute Nacht und gingen zu Bett. Und so, wie Giovanni eine kleine Ewigkeit wach lag, um über das Gehörte nachzudenken, ließ auch Lea die Informationen noch einmal Revue passieren.

Contrada del Drago

Am nächsten Tag trafen sie sich pünktlich acht Uhr zum Frühstück. „Guten Morgen! Wie geht es Ihnen heute?", sagten sie völlig synchron und begannen herzhaft zu lachen.

„So kann es nur ein guter Tag werden!", stellte Giovanni fest, Lea den Stuhl zurechtrückend. Bei ihm wirkte das weder gekünstelt noch nach Lob haschend. Ihr Blick streifte wieder die Wappen an den Wänden. Womöglich waren diese nicht nur Zierrat, denn sein ganzes Auftreten wirkte ungezwungen, aber edel.

„Gut geschlafen?", fragte er lächelnd.

„Wie ein Stein", gab Lea zu. „Ich bin buchstäblich überrascht, weil ich sonst immer mit der ersten Nacht in fremden Betten auf Kriegsfuß stehe."

Die Wortwahl ließ Giovanni hellauf lachen. Er mochte, Leas unbekümmerte Art. Sie sprach die Dinge direkt an, was in seinem Umkreis selten geworden war. „Dann kann es ja nur ein fantastischer Tag werden. Die Sonne scheint ja schon maximal."

Lea lächelte nachdenklich. „Ich habe sogar dem gestrigen Tag die Tragödien verziehen, ohne die ich Sie niemals kennengelernt hätte, obwohl das etwas schmerzhaft begann. Ich habe Ihnen noch nicht einmal die Auslagen für das Hotelzimmer erstattet."

„Das wäre ja auch noch schöner! Betrachten Sie es als Schmerzensgeld." Giovanni hielt mit zusammengebissenen Zähnen in einer Bewegung inne, die eigentlich hatte ein missbilligendes Kopfschütteln werden sollen und grollte: „Oh no. Perché proprio adesso? (Oh, nein. Warum gerade jetzt?)"

„Weil Sie eine Gehirnerschütterung haben und Ruhe brauchen", gab Lea zu bedenken.

„Es muss gehen. Ich habe versprochen, Ihnen meine Stadt zu zeigen", erwiderte Giovanni.

„Muss es nicht. Ihre Gesundheit ist wichtiger", merkte Lea an.

Giovanni war klar, dass sie recht hatte, trotzdem sagte er: „Warten wir die Meinung des Doktors ab."

„Dann sagen Sie ihm aber auch die Wahrheit", riet Lea. „Ich bin schon ein großes Mädchen und kann sogar einen Stadtplan lesen."

Giovanni lachte herzlich. „Der kann Ihnen aber nicht die vielen kleinen und großen Wunder im Detail erklären. Ich kenne einen, der das perfekt beherrscht und der sicher gern für mich einspringt. Sie werden ihn mögen!"

Ehe Lea irgendwelche Einwände geltend machen konnte, hatte er auf dem Handy eine Nummer gewählt und führte mit zungenbrecherischer Geschwindigkeit eine Unterhaltung. Sehr zufrieden steckte er das Gerät in die Hosentasche zurück. „Mario Rosso, ein pensionierter Fremdenführer, wird Ihren Tag zu einem

Erlebnis werden lassen, und ich werde ganz brav ruhen, damit Sie nicht gar noch mit mir schimpfen."

Lea erbleichte. „Verzeihen Sie bitte meine Aufdringlichkeit."

Giovanni schaute sie verblüfft an. „Es war als Spaß gemeint. Sie haben doch vollkommen recht, wenn Sie Bedenken anmelden. Ich bin dankbar dafür, denn ehrliche Menschen werden immer seltener."

Lea versuchte zu lächeln. „Der Spruch scheint zuzutreffen: Ehrlichkeit verhilft nicht zu vielen Freunden, aber zu den richtigen."

„Den muss ich mir merken!", rief Giovanni, ihn sich notierend.

Der Doktor kam gegen neun Uhr und Giovanni musste übersetzen. Lea versicherte, dass sich die Schmerzen in Grenzen hielten und auch, dass sie sich möglichst im Schatten aufhalten werde, um es nicht schlimmer zu machen.

„Die Haut wird sich trotzdem in den nächsten Tagen ablösen", gab der Doktor zu bedenken.

„Das ist mir bewusst", erwiderte Lea. „Auch, dass das ziemlich jucken könnte. Aber das ist mein ganz privates Problem. Ich lebe allein und werde niemandem durch Gejammer auf die Nerven gehen."

Dass Ricci auf den letzten Satz einen beredten Blick mit Giovanni wechselte, entging ihr.

Giovanni ließ sich in seinem Arbeitszimmer untersuchen und der Doktor stellte fest: „Sie scheint dir gut zu bekommen. Ich habe dich mit Leidensmiene im Bett liegend erwartet, wo du eigentlich noch hingehören würdest. Den Verband kannst du nun weglassen. Die Strips halten perfekt. Eine Narbe wird trotzdem bleiben. Hast du Romina wenigstens angezeigt?"

Giovanni verkniff sich das Kopfschütteln. „Habe ich nicht", sagte er leise. „Ich habe nur der Versicherung die Vase als Schaden gemeldet. Die Scherben liegen in einem Beutel im Schrank."

Ricci schnaufte. „Du wirst dir durch dein Zaudern sicher keinen guten Dienst erweisen. Ruf mich an, wenn du die Polizei doch noch einschaltest. Ich komme sofort her." Er machte ein paar Fotos vom aktuellen Zustand der Verletzung. „Bis morgen, um die gleiche Zeit!"

„Er hat nicht geschimpft, weil ich herumlaufe. Er würde es aber sicher tun, verließe ich die Wohnung", seufzte Giovanni. „Sie haben gewonnen."

„Das war so vorhersehbar, dass ich meinen Triumph gar nicht richtig genießen kann", blinzelte Lea.

„Das wird Mario sein", sagte Giovanni, als es läutete. Er sollte sich nicht geirrt haben.

Lea staunte, wie schnell der wirklich rüstige Rentner die Stufen der Treppe nahm. Er begrüßte sie galant, drückte Giovanni die Hand und versprach fröhlich blinzelnd, sie wohlbehalten zurückzubringen. Giovanni legte sich auf das lange Ledersofa in seinem Arbeitszimmer, kaum dass die Tür ins Schloss geschnappt war. Er wollte schnell wieder richtig auf die Beine kommen, um Lea wenigstens die letzten Tage persönlich begleiten zu können. Doch er kam nicht zur Ruhe, die Worte seines Freundes Manuele Ricci ließen ihn grübeln.

Lea und Mario hatten sich inzwischen miteinander bekannt gemacht. Sie schlenderten auf der Schattenseite durch die engen Gassen der wundervollen Stadt.

„Ich schätze, Giovanni hat ihnen verraten, dass ich ein kleines Problem habe", stellte Lea schließlich fest.

„Und noch ein bisschen mehr", schmunzelte Mario. „Ihn kennt hier jeder und es wäre nicht schön, stellte man mir Fragen, die ich nicht beantworten könnte."

Lea lächelte. „Ich weiß buchstäblich gar nichts über ihn. Nur das, was ich seit gestern selbst erlebt habe. Dass er ein sehr zuvorkommender Mann ist, der ausnehmend gut aussieht und auch gutsituiert zu sein scheint. Ich habe aber nicht vor, Sie über ihn auszuhorchen. Wenn ich etwas wirklich wissen will, werde ich ihn direkt danach fragen."

„Es wird aber nicht ausbleiben, dass ich seine Person des Öfteren anspreche", bemerkte Mario, vergnügt grinsend, weil Lea tatsächlich völlig im Dustern tappte. Er hatte beschlossen, mit ihr den üblichen Touristenweg zu gehen, um sie langsam und umfassend zu informieren. Sie war noch nie in Siena gewesen und wusste nur, dass die wundervolle mittelalterliche Stadt auf drei Hügeln erbaut worden war. Deshalb führte Mario sie zuerst in die Basilica di San Domenico, die auch der heiligen Katharina von Siena geweiht ist und deren Reliquien hier bestaunt werden können. Hier konnte er sie bestens auf das vorbereiten, was sie hier allerorten erwarten werde: die 17 Contraden Sienas, deren Wappenfahnen ebenfalls hier zu finden waren.

Mario erklärte flüsternd: „Die Stadt gliedert sich innerhalb der Stadtmauern in Terzi, also Stadtdrittel, diese sich wiederum in insgesamt 17 Contraden, Stadtteile. Deren Bewohner gehören ein Leben lang zur Geburtscontrada. Hier befinden wir uns im Terzo di Camomilla in der Contrada Drago."

„Drago? Drache?", wisperte Lea interessiert zurück.

„Ja, ja, ja, auf Deutsch heißt es Drache", bestätigte Mario zufrieden.

„Und das Drittel heißt Kamillen-Drittel?", staunte Lea.

„Richtig." Mario hatte sich von seiner Überraschung erholt, dass sie doch einige italienische Brocken verstehen konnte. „Das

Gebiet auf dem die Basilika liegt, ist nahe am Campo Regio, dem Königsfeld."

„Wenn ich jetzt eins und eins zusammenzähle, dann stoßen Sie mich gerade mit der Nase auf geschichtliche Hintergründe, die mit Giovanni zu tun haben, und den Wappen an seinen Wänden", wisperte Lea. „Ich werde aufmerksam lauschen. Besonders, weil ich gehört habe, wie ihn der Taxifahrer mehrmals Duca nannte. Das dürfte zwar kein offizieller Titel mehr sein, und es hat ihm auch wenig gefallen, aber nun bin ich ganz Neugier."

Mario kicherte vergnügt. In Leas hübschem Köpfchen schien ein pfiffiges Gehirn zu arbeiten. Sie würde wohl ganz nebenbei herausfinden, wer ihr Gastgeber war.

Nachdem sie die Kirche verlassen hatten, schlenderten sie durch die engen Gassen und Mario erzählte über das Palio, eines der härtesten Pferderennen der Welt, das hier seit Jahrhunderten abgehalten wurde. Lea und Mario quetschten sich immer wieder an Hauswände, weil sogar Kleintransporter die engen, steilen Gassen befuhren, wo im Mittelalter schon die Pferde Probleme hatten, unbeschadet zu bleiben.

„Sie füllen Sand auf, um den Hufen Halt zu geben", verriet Mario.

„Und das zwei Mal im Jahr?" Lea traute ihren Ohren kaum. „Wer bezahlt das?"

Mario schluckte eine Antwort so deutlich sichtbar hinunter, dass Lea zu lachen anfing. „Erzählen Sie mir noch ein bisschen über die Contraden", bat sie.

„Aber gern. Wir befinden uns gerade auf dem Weg zum Gemeindehaus der Drachen. Da drüben steht es schon." Er schmunzelte, als sie jedes Detail ablichtete. „Sie haben übrigens das letzte Palio gewonnen", verriet Mario. „Schade, dass Sie nicht schon vergangene Woche hier waren! Das ganze Viertel war noch mit Drachen-Flaggen geschmückt. Es war ein wundervolles Fest!" Dann berichtete er weiter über die Tradition der Pferderennen. Und dass die Contrada del Drago jedes Mal Glück hatte, als Teilnehmer mit ausgelost zu werden. „Sie haben auch fast immer ein gutes Pferd per Los bekommen", fügte er noch stolz hinzu.

„Ich würde es nicht nur als eines der härtesten, sondern als eines der verrücktesten Rennen bezeichnen", stöhnte Lea, der vom Reglement der Kopf schwirrte.

„Kommen Sie, ich zeige Ihnen die zugänglichen Räume der Eulen-Contrada, wo die Trophäen und Urkunden aufbewahrt werden. Dort finden Sie auch die historischen Kostüme!" Mario schritt voran. „Nun ja, für den Palio können alle Spendengelder gebrauchen, nicht jeder hat einen Mäzen, der kräftig zuschießt", bemerkte Mario beim Anblick des Spendenkästchens.

Der eigentümliche Tonfall ließ Lea aufhorchen. „Bei den Drachen ist wohl Giovanni einer von denen, die das Schatzkästchen füllen?"

Mario antwortete mit fröhlich blitzenden Augen. „Wir sollten eine Pause machen und etwas Kräftiges essen."

Auch eine Variante, zu zeigen, dass sie genau ins Schwarze getroffen hatte. Mario schien wirklich jeden einzelnen Stein in Siena zu kennen. Trittsicher wie eine Gämse führte er sie auf verschlungen Pfaden dahin, wo sie auf dem Schild eines Restaurants das Logo vom Geschirr wiedererkannte.

„Das ist nicht meine übliche Preisklasse", versuchte sie, Mario zu bremsen.

„Meine auch nicht", kicherte er, ihr die Tür öffnend. Am Tisch flüsterte er: „Wir müssen es ja nicht bezahlen. Wählen Sie für ein Fünf-Gänge-Menü, was Sie wirklich haben möchten, und sei es noch so ausgefallen."

Lea entschied sich für Meeresfrüchte und vegetarische Antipasti. „Ich glaube, Sie sollten mich dann zurück rollen", schmunzelte sie.

„Oder wir trinken noch ein Glas Wein mehr und fliegen", witzelte Mario. Er begann ein paar Geschichten aus seiner langen Karriere als Fremdenführer zu erzählen. Lea amüsierte sich prächtig. „Wenn Giovanni anruft, habe ich immer Zeit. Selbst dann, wenn ich eigentlich keine habe", verriet er ihr. „Er tut sehr viel für den Tourismus in unserer Stadt und dem Umland."

„Sie verehren ihn sehr", stellte Lea in den Raum.

Mario nickte heftig. „Ja, das gebe ich zu." Dann druckste er ein wenig herum. „Hat ... hat er Ihnen erzählt, wie es passiert ist?" Er zeigte auf seine Stirn.

Lea wiegte den Kopf. „Ich weiß es trotzdem."

Einen Augenblick Stille und dann die Frage: „Hat Sie Giovanni wirklich zu Boden gestoßen?"

„Das kann man so nicht sagen", erklärte Lea. „Er hatte durch seine Verletzung Gleichgewichtsprobleme und wir sind zusammen gestürzt, nachdem er über meine Füße gestolpert war. Er konnte nicht ahnen, dass jemand mit einem Kaffeebecher in der Hand auf der Mauer neben der Haustür sitzt."

„Das beruhigt mich. Er würde nie jemanden absichtlich verletzen. Niemals."

„Ich kenne ihn erst seit gestern, aber ich kann es mir auch nicht vorstellen. Es war nichts weiter, als ein merkwürdiger Zufall", bestätigte Lea.

Der Kellner nahte mit dienstbeflissener Miene. Lea schaute Mario fragend an.

„Nachtisch", sagte er kurz.

„Pistazienpudding", kam es wie aus der Pistole geschossen von Lea und genüsslich langsam hinterher: „Budino al pistacchio. Prego."

Schmunzelnd orderte Mario das Gleiche und ließ für Lea einen Cappuccino und sich einen Espresso mitbringen. „Verhungern müssten Sie sicher nicht, wenn der Kellner weder deutsch noch englisch spricht", stellte er mit fröhlich blitzenden Augen fest.

„Ich habe es auch Giovanni gesagt, dass sich meine Italienischkenntnisse vermutlich nur aufs Essen beziehen", lachte sie. „Und davon gibt es hier solch wundervolle Kreationen, dass ich aus dem Schwärmen gar nicht mehr herauskomme."

„Dann hilft nur, so schnell es geht, wiederkommen", schlug Mario blinzelnd vor und verriet: „Giovanni hat mich auch morgen für Sie engagiert, dann, so hofft er, wird er Sie selber kreuz und quer durch die Stadt führen. Den Dom schauen wir uns aber heute noch an, falls es Sie nicht zu sehr anstrengt."

„Ich habe meine Salbe in der Tasche und Ablenkung tut gut." Lea freute sich wirklich über die individuelle Betreuung.

Am späten Nachmittag war der Strom der Tagestouristen abgeebbt und Mario brillierte mit seinem Wissen über den wundervollen, mit weißem und dunkelgrünem Marmor verkleideten Dom. Fast eine halbe Stunde enthüllte Mario für Lea versteckte Details, erklärte die Fußbodenmosaike, die Altäre und die jeweiligen Bauphasen seit dem 13. Jahrhundert. Natürlich betrachteten sie auch die unvollendet gebliebene

Fassade, des einstmals geplanten *Duomo nuovo*, ehe sie gemächlich den Rückweg antraten.

„Es war ein wundervoller Tag", strahlte Lea dankbar. „Und Sie sind ein wandelndes Lexikon."

Mario lachte herzlich. „Was haben Sie erwartetet? Ich bin ein Sienese, ein contradaiolo del Drago!"

„Bei uns heißt es immer: Stolz wie ein Spanier. Aber die können gegen einen waschechten contradaiolo vermutlich einpacken", schmunzelte Lea.

„Vermutlich? Ganz sicher!", rief Mario mit stolz geschwellter Brust.

Sie bogen in die Straße zu Giovannis Haus ein. Auf der anderen Straßenseite, unweit der Eingangstür, parkte ein Polizeiauto und genau dahinter eins mit Äskulapzeichen an der Scheibe. Beide sahen sich an und beschleunigten den Schritt.

„Der Alpha Romeo gehört Doktor Ricci", erklärte Mario. „Giovanni wird doch hoffentlich nichts passiert sein?!"

Lea konnte dem, viele Jahre, Älteren kaum folgen, dem die Sorge Flügel zu verleihen schien. „Wir klingeln!", rief er, über die Straße hastend.

Es dauerte ein paar Sekunden, ehe sich Giovanni an der Wechselsprechanlage meldete.

„Hier ist Mario, ich bringe Lea wohlbehalten zurück!", bekam er zur Antwort und sofort ertönte der Summer. Etwas gemäßigteren Schrittes stiegen sie die Stufen zum ersten Stock, der Wohnetage Giovannis, hinauf. „Ich habe mir Sorgen gemacht!", erklärte Mario mit Blick auf den Arzt und die Polizisten.

„Alles in Ordnung", wiegelte Giovanni ab. „Es geht nur um meine Blessur. Vielen Dank, dass Sie ihr Gesellschaft geleistet haben. Bis morgen, um die gleiche Zeit!"

Aufatmend verabschiedete sich Mario, um nach Hause zu gehen. Lea war im Begriff, ihr Apartment aufzusuchen, als ihr einer der Beamten hinterherlief und sie in ganz passablem Deutsch bat, mit zu Herrn Conti zu kommen. Lea folgte ihm sofort.

Giovanni setzte sich auf den Sessel neben ihrem, um ihr ein Gefühl von Sicherheit zu geben. „Ich habe wegen der Verletzung Anzeige erstattet", erklärte er, womit Lea voll im Bild war, worum es gehen werde.

Sie legte ihren Reisepass vor und berichtete auf Giovannis Anraten ganz genau, weshalb sie nach Siena gekommen und was am vergangenen Tag geschehen war. Die Seite aus dem Notizbuch mit den Daten der nicht auffindbaren Firma interessierte die Polizisten und Lea hatte nichts dagegen, dass sie diese fotografierten. Sie schilderte den unfreiwillig belauschten Streit, wie Herr Conti mit dem blutigen Handtuch an der Stirn aus dem Haus gelaufen und schließlich mit ihr zusammen über die kleine Mauer gestürzt war. „Ich bin erst wieder zu mir gekommen, als mich Doktor Ricci behandelt hatte", beendete sie ihren Bericht.

„Dann können wir als sicher einstufen, dass er sich die Verletzung nicht beim Sturz zugezogen hatte", sagte der eine Beamte zufrieden.

„Ganz sicher", bestätigte Lea. „Ich habe das Blut am Handtuch deutlich gesehen und er hatte es sich fest an die Stirn gedrückt."

Doktor Ricci hakte ein: „Giovanni, du hast doch die Scherben aufgehoben! Da müssten sowohl dein Blut als auch Rominas Fingerabdrücke zu finden sein!"

„Ja, richtig! Dass ich das vergessen konnte!" Giovanni zog einen großen Karton aus dem Schrank, der den Kunststoffbeutel voller Scherben enthielt.

„Nicht gerade wenig Material", staunten die Beamten.

Giovanni zuckte mit den Schultern. „Es war eine rund 90 Zentimeter hohe Bodenvase gewesen."

„Das ist doch schon fast eine Mordwaffe, bei der Größe", murmelte einer der Polizisten.

„Das haben Sie gesagt!", stellte Giovanni klar.

Lea wurde unbehaglich. Sie bat, gehen zu dürfen, und es wurde ihr gewährt. Man wusste ja, wo man sie finden konnte. Giovanni zog die Augenbrauen zusammen. Und der Vorwurf: *Musste das sein,* sprach überdeutlich aus seinen Augen.

„Meinen Sie, sie hätte es verstanden?"", murmelte der Deutsch sprechende Beamte, zur geschlossenen Tür blickend.

„Ziemlich sicher", grollte Giovanni. „Sie ist eine von denen, die eine Sprache eher verstehen, als sprechen können. Und wenn Sie es wiedergutmachen wollen, dass sie jetzt Angst bekommen hat, dann kümmern Sie sich, neben meinem Problem, mit um den verschwunden Möchtegerngeschäftspartner. Wir sind gestern sofort im Hotel gewesen und haben sämtliches Gepäck hierher geholt. Ich habe den Musterkoffer persönlich ins Haus getragen. Sie hat mir auch abends bestätigt, dass der Inhalt vollzählig ist."

Die Polizisten verabschiedeten sich. Giovanni orderte Abendbrot für drei Personen und suchte Lea auf, um sie zu beruhigen. Sie hatte ihre Tasche in den Schrank gelegt und war am Fenster stehengeblieben. Noch einmal in die Stadt zu gehen, um zu Abend zu essen, hatte sie keine Lust. Wenn sie ehrlich mit sich selbst war, hatte sie durch die Worte des Polizisten wirklich Angst bekommen, allein in der Dämmerung durch die engen Gassen zu laufen. Sogar Gedanken an Mafia und Camorra blitzten auf. Hier im Haus fühlte sie sich sicher. Giovanni werde diese Frau, Lea hatte den Namen glatt vergessen, bestimmt nicht mehr hereinlassen. Das Klopfen an der Tür ließ sie erschreckt zusammenzucken.

„Treten Sie ein!", rief sie rasch.

„Ihnen geht es nicht gut", stellte Giovanni besorgt fest, ihre Hände nehmend, und so noch deutlicher spürend, wie rasend schnell ihr Herz hämmerte.

„Doch, doch. Ich war nur vom Klopfen erschrocken", versicherte Lea.

Giovanni schaute sie prüfend an. „Gleich wird das Abendbrot gebracht. Wir essen gemeinsam mit Doktor Ricci." Er nahm ihren Arm, hängte ihn bei sich ein und führte sie blinzelnd in den Salon.

Der Doktor sah Lea auch auf den ersten Blick an, dass etwas nicht stimmte, und Giovanni gab ihr dies zu verstehen. „Ist es wegen dem, was der Polizist gesagt hat?", fragte er direkt.

Lea nickte fast verschämt. „Mir ist es bei seinen Worten eiskalt den Rücken hinunter gelaufen. Dabei hat er auch noch recht. Selbst mit einer kleineren Vase könnte man jemanden erschlagen, wann man ihn mit dem Boden träfe."

„Das glaube ich unbesehen. Mir hat schon das Mittelstück gereicht", seufzte Giovanni, die kurze Unterhaltung für Manuele übersetzend.

„Habt ihr nicht ein fröhlicheres Thema?", fragte der blinzelnd. „Zum Beispiel, was Frau Minnich heute gemeinsam mit Herrn Rosso erkundet hat."

„Nicht das Pensum, was ein Tagestourist im Sturmschritt durcheilen würde, aber dafür sehr informativ und tiefgründig", strahlte Lea. „Er hat erst einmal die Grundlagen geschaffen, die Stadt und ihre Bewohner überhaupt zu verstehen."

„Und er wird vom Palio geschwärmt haben", fügte Giovanni lächelnd hinzu.

„Richtig. Deshalb haben wir ja auch die Eulen-Contrada besucht, damit ich mich mit eigenen Augen von seinen Worten überzeugen konnte", fuhr Lea fort.

Giovanni schnaufte, während Doktor Ricci grinste.

„Bei den Drachen war leider kein Reinkommen", seufzte Lea. „Dabei wäre ich darauf am neugierigsten gewesen." Ihr Blick streifte die Wände des Salons, wo die Wappen noch größer und farbenprächtiger waren, als in den anderen Räumen.

„Und sie wird nicht nur einen Großteil der Sprache, sondern auch der Zusammenhänge verstehen", schmunzelte Ricci.

Giovanni gab sich unbefangen. Er öffnete eine Flasche Champagner.

„Für mich nicht. Ich muss noch fahren", wehrte Manuele ab.

„Lass das Auto stehen. Ich spendiere dir für heute und morgen ein Taxi oder willst du gleich hier schlafen?", forderte Giovanni und der Doktor nahm das Übernachtungsangebot dankend an.

Giovanni musste immer herzlich lachen, wenn Lea schon auf Äußerungen des Docs reagierte, obwohl noch nicht übersetzt worden war. Damit war seine Theorie bewiesen, dass es nur mit der Sprache etwas haperte, das verstehende Hören funktionierte bestens.

„Ich habe dich schon seit Monaten nicht mehr so lachen gehört!", staunte Manuele. „Vielleicht solltest du darüber nachdenken, Frau Minnich eine Geschäftspartnerschaft anzutragen, damit hin und wieder etwas Freude in diese alten Gemäuer einzieht."

Lea und Giovanni schauten erst den Doc, dann sich und wieder den Doc an, worauf der sich kaum noch beruhigen konnte. Er lachte so schallend, dass die Gläser auf dem Tisch vibrierten.

„Eine nicht uninteressante Idee", murmelte Giovanni. „Ja, ich werde gleich morgen darüber nachdenken, ob ich anstelle der verschwundenen Firma etwas bewirken und den ganzen Ärger vergessen machen kann. Morgen Abend werde ich Ihnen meinen Entschluss mitteilen, falls Sie mich überhaupt als Partner akzeptieren würden."

„Wenn ich die Loblieder höre, die man auf Sie singt, und meine eigenen Erfahrungen der beiden Tage dazurechne, müsste ich Prügel bekommen, wenn ich Sie zurückweise", erwiderte Lea lächelnd. „Ich habe ja auch nicht vor, die Weltherrschaft über den Schmuckhandel an mich zu reißen. Ich suche doch nur einen kleinen Lichtblick, etwas mehr verkaufen zu können, als in den letzten beiden Jahren."

„Verstanden!", antwortete Giovanni vergnügt. „Darauf ein Glas Champagner!"

„Oha! Nicht, dass Sie mich noch ins Bett tragen müssen", seufzte Lea.

„Er ist doch in Übung", grinste der Doc, worauf ihm Giovanni gespielt entrüstet mit dem erhobenen Zeigefinger drohte.

Gegen 23 Uhr zog sich der Doktor in eines der Gästezimmer zurück, weil er am Morgen topfit sein musste. Natürlich fragte er noch einmal nach Leas Befinden und erhielt prompt „molto bene" (sehr gut) zur Antwort. Ein zeitiges Frühstück lehnte er kategorisch ab. Er könne sich was Schnelles in einem *merenda*, also Imbiss, holen.

Lea half Giovanni beim Aufräumen. Dem Einwand: „Sie sind mein Gast!", schenkte sie keine Beachtung. Dafür ließ er es sich nicht nehmen, sie bis an ihre Tür zu bringen. „Schlafen Sie gut! Das ganze Haus ist videoüberwacht und alarmanlagengesichert, Sie müssen keine Furcht haben."

„Danke! Träumen auch Sie etwas Schönes!" Lea schloss die Tür.

Ich glaube, ich weiß sogar, wovon. Giovanni seufzte. Da hatte jemand still und heimlich sein Herz erobert.

Leas Lächeln beim „Guten Morgen!", ein paar Stunden später, war wohl der beste Tagesbeginn, den er sich wünschen konnte. Als sie dann noch rief: „Oh, Sie machen Fortschritte!", weil er sich ohne Probleme nach der herunterfallenden Serviette bückte, wurde ihm ganz warm ums Herz. „Morgen bin ich wieder fit", schmunzelte er. „Ich habe Ihnen ja versprochen, dass ich zwei Tage nicht meutern werde. Wie geht es Ihnen?"

„Ich trete langsam in die Phase ein, in der ich eine große Drahtbürste haben möchte", gab Lea zu. „Ich bemühe mich, das unangenehme Jucken zu ignorieren. Ich werde mir heute wohl noch eine Tube Gel in der Apotheke holen. Damit ist es etwas erträglicher."

Als Mario eintraf, unterhielten sich die Männer einige Minuten sehr intensiv. Lea fiel auf, dass beide regelrechte Poker-Gesichter zur Schau stellten, denen man nicht die geringste Gemütsbewegung ansehen konnte. Bei dem rasanten Sprechtempo gelang es ihr auch nicht, irgendwelche Satzbrocken zu verstehen.

In dem Augenblick, wo sie Tempo aus den Worten nahmen, war die Mimik wieder da und Mario versprach auch heute, gut auf Lea aufzupassen. Er reichte ihr den Arm und spazierte mit ihr zur Tür hinaus. Giovanni eilte in sein Arbeitszimmer, um über Vertriebsmöglichkeiten für Leas Schmuck nachzudenken. Eine Idee nahm sofort Gestalt an. Giovanni fertigte mit

Kugelschreiber eine schnelle Skizze an, die er in den nächsten Tagen bemaßen wollte.

Mario war mit Lea aus der Tür getreten. Sie bemerkte aus den Augenwinkeln, wie sich ein Mann aus dem Schatten einer Hausecke löste und ihnen in einigen Metern Abstand folgte. Mario schien ihn nicht zu bemerken, und sie versuchte, ihm keine Aufmerksamkeit zu schenken. Nur in den Spiegelungen von Schaufensterscheiben gewahrte sie ihn immer wieder. Dort fiel ihr auch auf, dass Mario den anderen sehr genau unter die Lupe nahm.

„Wer ist das?", flüsterte sie schließlich, scheinbar intensiv die Dekoration betrachtend.

„Ein Reporter einer lokalen Gazette. Er folgt uns schon die ganze Zeit", wisperte Mario zurück.

„Ich weiß", erklärte Lea.

Mario hob eine Augenbraue. „Von dem lassen wir uns den Tag jedenfalls nicht vermiesen. Wir verschwinden hinter der nächsten Hausecke in eine ganz andere Richtung und besuchen die alte Festung Forte Santa Barbara, die man auch Fortezza Medicea nennt."

Sie spazierten gemächlich um die Ecke, dann zog Mario Lea in einen Hauseingang und legte den Finger vor die Lippen. Schnelle Schritte auf der Straße. Mario wartete ein paar Sekunden, dann öffnete er grinsend die Tür. „20 Meter zurück und nichts wie weg!"

Lea nickte. Sie passte sich seinem schnellen Schritt an und musste grinsen, als er einen Pfad einschlug, den sie als Hühnerstiege bezeichnet hätte. Hier hatte sich garantiert noch kein einziger Tourist hingewagt. Als der Weg breit genug für zwei Personen wurde, schlenderten sie wieder ganz gemächlich weiter und Mario zog es vor, Lea zu informieren, dass es Giovanni hasste, sein Leben von der Regenbogenpresse breittreten zu lassen. Irgendjemand musste gestern einen Tipp gegeben haben, dass die Polizei in seinem Haus gewesen war. Auch die Stirnverletzung und der Mauersturz waren schon in diversen Varianten durchgehechelt worden.

Lea zog die Augenbrauen zusammen. „Er hatte es bereits am Abend des Unfallstages befürchtet, dass es Tagesthema werden könnte."

Mario nickte. „Und nun hängen sich die Klatschreporter an Sie, um die Story aufbauschen zu können, weil er das Haus nicht verlässt. Sonst würden sie ihm auffällig unauffällig folgen und jeden Pflasterstein, den betritt, fotografieren."

„Ich bin froh, dass Sie bei mir sind. Ich wüsste gar nicht, wie ich mich wehren könnte." Lea schaute sich forschend um.

„Die Luft ist rein", bestätigte Mario. „Kommen Sie, am Springbrunnen warten gerade so viele Touristen auf ihre Busse, dass wir beide gar nicht auffallen!"

„Eine wohltuende Brunnenkomposition", stellte Lea sofort fest. „Nicht spektakulär, aber sehr edel." Sie erfreute sich an den kegelförmig gestutzten Bäumchen und niedrigen Büschen in verschiedenen Blattfarben, welche eine große Fontäne, umrundet von mehreren kleinen, einfassten. Mit der hohen Festungsmauer im Hintergrund ein Anblick, der sicher im Gedächtnis bleiben werde.

Mario erzählte, wie sich Siena 1555 den spanischen und florentinischen Truppen ergeben musste und seine Unabhängigkeit verlor. 1560 hatte der Medici-Herzog Cosimo I. die Festung erbauen lassen. Lea fielen die Wappen in Giovannis Haus ein.

„Fragen Sie ihn", schlug Mario vor, als könne er Gedanken lesen.

Lea wurde feuerrot. „Ich glaube, das steht mir nicht zu."

„Wer weiß heute schon, was die nächsten Tage bringen?", blinzelte Mario, den Weg zu einem kleinen Restaurant einschlagend. „Wo wir gestern waren, werden schon die Hyänen lauern", kicherte er. „Antonella kocht genau so gut." Zielsicher steuerte er eine kleine Nische mit einem Tisch für zwei Personen an, den man nur sehen konnte, wenn man die Toilette aufsuchte.

Die Wirtin begrüßte beide mit aufrichtiger Herzlichkeit und freute sich, dass man sie wieder einmal dem Stammrestaurant vorgezogen hatte.

Mit den Abrechnungsmodalitäten bestens vertraut, umsorgte sie ihre beiden Stargäste, wie sie kichern erklärte, mit besonderer Sorgfalt. Klar hatte es sich auch bis zu ihr herumgesprochen, dass das Schicksal Giovanni gebeutelt hatte. Sie bat Mario, Grüße auszurichten.

„Heute Nachmittag zeige ich Ihnen ...", weiter kam Mario nicht, weil sein Handy summte. Er entschuldigte sich bei Lea und verließ mit dem Gerät in der Hand durch eine Hintertür das Restaurant, wo er mit unbewegtem Gesicht das Gespräch führte. „Das war Giovanni. Er bittet uns, bis 15 Uhr zurückzukommen."

„Dann sollten wir uns wohl sofort auf den Weg machen", stellte Lea nach einem kurzen Blick auf die Uhr fest.

Mario bezahlte mit Karte, steckte den Bon ein und führte Lea abseits des Touristenstroms in die Altstadt zurück. „Schade, ich hätte Ihnen gern noch die *enoteca* gezeigt."

„Die hätte ich mir auch wirklich gern angesehen", seufzte Lea. „Ich halte schon immer Ausschau nach dem Wein, den Giovanni abends kredenzt. Der wäre genau das richtige Souvenir, um beim Anschauen der vielen Fotos ein bisschen von den herrlichen kleinen Gassen zu träumen."

„Nur davon?", fragte Mario mit einem Blinzeln.

Lea bekam einen Hauch Farbe, blinzelte zurück und lächelte vergnügt.

Gelüftete Geheimnisse

Giovanni schien schon am Türöffner gewartet zu haben, als sie eine Viertelstunde vor Termin das Haus erreichten. Mario musste nicht einmal klingeln, da schwang die Tür schon auf. „Danke, dass Sie es geschafft haben! Ich hoffe, dass mir Lea verzeihen kann, ihr wieder einen Tag zu verderben. Aber ungewöhnliche Umstände erfordern manchmal ungewöhnliches Handeln. Wir müssen einen dringenden Termin wahrnehmen, den ich nicht beeinflussen kann. Mario, die Bezahlung für Ihre unglaublich wertvollen Dienste kommt 18 Uhr per Bote zu Ihnen direkt nach Hause. Seien Sie bitte nicht böse, wenn ich so kurz angebunden bin."

Lea verabschiedete sich sehr herzlich von Mario und versprach ganz fest, wieder einmal nach Siena zu kommen, und ihn dann auch zu besuchen.

„Was ist geschehen?", fragte sie, als Mario das Haus verlassen hatte, denn Giovanni trug einen dunklen Geschäftsanzug.

„Die Polizei hat noch ein paar Fragen wegen der merkwürdigen Firma, die Sie hierher gelockt hat. Ich habe erklärt, dass wir hinkommen werden, weil hier der Auflauf schon zu groß ist. Zudem möchte ich meinen Anwalt dabei haben, denn es scheint ein ziemlich dicker Fisch zu sein, den man fangen könnte. Und da wir beide vorhaben, Geschäftspartner zu werden, sollte er gleich ein Auge mit auf Leute haben, die uns dabei im Wege sein könnten. Keine Sorge, ich werde Sie dort nicht einen einzigen Moment allein lassen. Und als Wiedergutmachung für die Unannehmlichkeiten führe ich Sie heute zum Abendessen an einen ganz besonderen Ort."

„Ich hole rasch meinen Hefter mit dem ausgedruckten Schriftverkehr!", erklärte Lea. „Wie viel Zeit haben wir noch?"

„Zwanzig Minuten."

„Dann ziehe ich mir schnell etwas anderes an und nehme die kleine Aktentasche mit." Sie eilte davon. Zuerst suchte sie die Akten zusammen, dann machte sie sich frisch und zog sich um. Ein Blick in den Spiegel, und mit ein paar silbernen Haarspangen den Pferdeschwanz zum Dutt hochstecken. Einen Hauch Deo, andere Schuhe, ein Blick auf die Uhr. Noch fünf Minuten.

Giovanni bekam große Augen. Lea hatt sich optisch in eine erfolgreiche Geschäftsfrau verwandelt. Dunkles Kostüm, weiße Bluse und schwarze Pumps. „Sie sehen umwerfend aus!"

„Danke!"

Giovannis Handy klingelte. „Mein Anwalt, Herr Carrara, erwartet uns vorm Haus."

Er führte Lea am Arm hinaus und Carrara, der ausstieg, um sie zu begrüßen, warf Giovanni einen anerkennenden Blick zu. Der war ja buchstäblich über ein Prachtexemplar gestolpert.

Giovanni stellte Doktor Antonio Carrara und Lea Minnich einander vor. Natürlich bestand der Anwalt darauf, dass Lea neben ihm Platz nahm. Giovanni schmunzelte und verstaute ihre Aktenmappe auf der Rückbank, damit sie entspannter sitzen konnte.

„Testwagen, oder bist du wirklich auf Maserati umgestiegen?", hörte sie Giovanni von hinten fragen.

„Umgestiegen. Ich hoffe sehr, du verzeihst mir, dass ich mir den gleichen Typ zugelegt habe, wie du ihn am liebsten fährst", gab der Anwalt schmunzelnd zurück.

Lea lächelte still vergnügt. Schwupp, ganz nebenbei erfahren, was Giovannis bevorzugte Automarke war.

Nun wandte sich der Anwalt Lea zu und schockte sie etwas mit der ersten Frage, die lautete: „Was wissen Sie über Giovanni?"

„Nichts", gab sie freimütig bekannt. „Dabei möchte ich dieses Nichts etwas präzisieren. Ich habe ihn in den wenigen Stunden als Ehrenmann kennengelernt. Das kann man heutzutage sicher nicht mehr von vielen berichten."

„Interessantes Statement", murmelte Carrara.

„Aber die reine Wahrheit", gab Lea bekannt. „Ich habe ihn nicht mit Fragen überhäuft und er hat keine privaten Informationen gegeben. Ich weiß also nur den Namen, die Adresse, das Erscheinungsbild und sonst gar nichts. Ich habe es auch in jeder Weise unterlassen, den privaten Fremdenführer, den er mir zur Seite gestellt hat, über ihn auszuhorchen."

„Fantastisch! Wenn Sie ihm als Geschäftspartner das Ja-Wort geben, haben Sie meinen vollen Segen!" Carrara grinste vergnügt vor sich hin. „So, da wären wir auch am Ziel unserer Fahrt. Wir werden Sie da drinnen keinen Augenblick allein lassen!"

„Danke! Mit Ihnen beiden an der Seite habe ich etwas weniger Furcht vor dem, was mich erwarten könnte."

„Es ist nur eine Befragung", erklärte auch Carrara beruhigend, das Auto demonstrativ direkt vor dem Haus abstellend. Er ging voran, ihm folgte Lea neben Giovanni, der ihre Tasche trug. Einzug der Gladiatoren. Die Anwesenheit Carraras irritierte die Beamten sichtlich und sie überlegten sich die Fragen an Lea mehrmals, ehe sie diese stellten. Carrara warf auch generell einen Blick auf jedes Blatt Papier, ehe es Lea zum Kopieren aus der Hand gab.

Nach rund einer Dreiviertelstunde saßen sie wieder im Auto und Giovanni bat Carrara, 19 Uhr in der alten Festung zu erscheinen.

„Na, aber so was von gerne! Falls ihr Marcello anheuert, kann der mich ja vorher abholen und dann gleich bei euch vorbeischauen!"

„Geht klar!", versprach Giovanni, Lea die Autotür öffnend und sie schnell ins Haus führend.

„Was trägt man üblicherweise da, wo wir heute sein werden?", fragte sie neugierig.

„Das Outfit vom ersten Abend", sagte Giovanni sofort. „Und vielleicht ein wärmendes Schultertuch oder eine dünne Jacke."

„Herzlichen Dank für den Tipp!", blinzelte Lea. Sie beschloss, eine Feinstrumpfhose anzuziehen, um nicht wegen kalter Füße und Beine Probleme zu bekommen, wenn sogar eine Jacke vonnöten war.

Als Giovanni mit Lea das Haus verließ, schaute Carrara sie so interessiert an, dass Giovanni für sie unbemerkt zischte: „Wehe, du baggerst sie an! Dann kündige ich dir die Freundschaft!"

Carrara riss die Augen auf. Giovanni schien ihn nicht nur aus blanker Menschlichkeit in Sachen Rechtsbeistand für eine potentielle Geschäftspartnerin zu bezahlen. Da bahnte sich offenbar etwas an, das das Objekt der Begierde noch nicht bemerkt zu haben schien.

Taxifahrer Marcello grinste innerlich. Den Braten hatte er doch vor zwei Tagen Meilen gegen den Wind gerochen. Er hatte ja seine einschlägigen Erfahrungen und das Auto schon die kuriosesten Dramen gesehen. Für ihn stand felsenfest, dass die Dame keinen Schimmer hatte, dass sich hier zwei *Cavaliere,* zwei Ritter, anschickten, ein Duell um ihre Gunst zu führen. Er hatte schließlich noch nie erlebt, dass gerade Carrara einfach aufgab.

Kurz vor dem Ziel versperrte ein Unfall die ganze Straße. Die Polizei war schon da. „Fahren Sie am besten hier durch den Hof und hinten wieder raus!", riet ein Polizist, der den Anwalt erkannt hatte.

„Geht klar!" Marcello setzte ein Stück zurück, um die schmale Einfahrt perfekt nehmen zu können. Im Schritttempo rollte der Wagen weiter.

Lea sah sich neugierig um und packte plötzlich Giovannis Handgelenk. „Schauen Sie! Da steht der Cinquecento dieser Furie!"

„Stopp!", befahl Carrara und riss das Handy hoch. Im Bruchteil eines Wimpernschlags hatte er mehrer Fotos gemacht. „Sie dürfen weiterfahren! Ich schicke sie dir", versprach er Giovanni. „Und vergiss nicht, der Dame mit den Adleraugen einen Extrabonus zu zahlen!"

Lea hatte nur *Bonus* und *occhi d'aquila* verstanden. Das reichte aus, um sie herzhaft lachen zu lassen. Giovanni lächelte breit. Antonio grinste ertappt.

„Es ist eigentlich deine Aufgabe, Informationen zu sammeln. Das heißt, ich muss dein Honorar kürzen und diesen Teil an Lea auszahlen", erklärte Giovanni auf Englisch, Lea verschmitzt zulächelnd.

„Untersteh dich!", rief Antonio gespielt entrüstet. „Ich merke schon, dass ihr einen armen Advokaten, so schnell über den Tisch ziehen wollt, dass er die Reibungshitze als Nestwärme empfinden soll!"

Diesmal gab es auch für Marcello kein an sich Halten. Alle drei mussten so schallend lachen, dass Antonio schließlich einfiel und dem Türsteher der Unterkiefer bis auf die Schuhspitzen klappte, als er merkte, wer mit solch einer Lautstärke dafür sorgte, dass alle erschreckt die Köpfe drehten.

Giovanni bezahlte die Fahrt mit reichlich Trinkgeld und Marcello machte sich, immer wieder vor sich hin kichernd, zum nächsten Kunden auf.

Der Türsteher riss die Pforte auf. „Dottore Conti, dottore Carrara. Benvenuto!" (Herzlich willkommen!), mit einer leichten Verbeugung zu Lea.

So, so, dottore. Lea schaute Giovanni mit einem undefinierbaren Lächeln an. Der blinzelte kaum merklich, ganz nach dem Motto: Oha, ertappt!

Ein Kellner nahte im Laufschritt, sie an den schönsten Tisch zu begleiten, dann wuselten gleich mehrere Bedienstete, um diesen reichlich mit Getränken auszustatten.

„Ich habe mir erlaubt, das Lieblingsmenü von Antonio und mir für alle drei vorzubestellen", gab Giovanni mit fragendem Tonfall bekannt.

„Ich lasse mich gern überraschen", erwiderte Lea schmunzelnd. „Ist das die *enoteca* in der Medici-Festung?"

„Sie ist es", bestätigte Giovanni.

„Oh, heute muss mein Glückstag sein", staunte Lea. „Das wäre der Tagesordnungspunkt mit Mario gewesen, vor dem wir unterbrochen worden waren. So kann ich mir ja doch noch die richtigen Souvenirs für zu Hause kaufen." Sie deutete mit den Händen eine Weinflasche an.

„Ehe es wirklich soweit kommt, dass Sie Geld für etwas ausgeben, das Sie einfacher haben könnten, sollte ich lieber ein paar Geheimnisse lüften", murmelte Giovanni, worauf Antonio breit grinsend nickte. „Wir beide haben Anteile an dieser Enothek und mir gehört ein Weingut, dessen Produkte hier bevorzugt vertrieben werden."

„Ich habe auf Banker oder Manager in irgendeinem Großkonzern getippt", gab Lea lächelnd bekannt.

„Ganz daneben ist es nicht, mit dem Großkonzern", warf Antonio ein. „Er wird Sie sicher morgen durch sein kleines Königreich führen."

Giovanni lachte. „Darauf kannst du gern wetten."

„Dann sind Ihre Familien so etwas wie Ureinwohner", merkte Lea an.

„Das ist korrekt. Unsere Familien entstammen dem ältesten Adel der Stadt. Dem urältesten, um genau zu sein", schmunzelte Antonio.

„Ich habe es vermutet. Die Wappen sind zu herrschaftlich, um nur Zierde an den Wänden zu sein. Zudem hat Marcello bei der ersten Fahrt das Wort *Duca* verwendet, worauf Giovanni leicht angesäuert reagierte", verriet Lea. „Mich werden die vielen grandiosen Informationen also nicht aus der Bahn werfen. Dass Giovanni nicht irgendjemand ist, habe ich vom allerersten Augenblick an gespürt."

Antonio kicherte vergnügt. „So viel zum Thema: Oh je, oh je, wie soll ich es ihr nur schonend beibringen?"

„Ich schlage vor, wir beide sollten, als Fast-Geschäftspartner, ehrlich über alles reden. Ich habe inzwischen begriffen, dass Geheimnisse bei Ihnen sicher sind." Giovanni wirkte sehr erleichtert.

„Einverstanden", freute sich Lea.

„Wir beide und Manuele sind Klassenkameraden, die sich auch während des Studiums nie aus den Augen verloren haben. Als der eine juristisch und der andere medizinisch promovierte, habe ich meinen Doktor in Geschichtswissenschaften gemacht, obwohl ich hauptsächlich Ökonomie studiert habe", erzählte Giovanni. „Es war klar, dass ich riesige Ländereien erben und bewirtschaften werde, wobei auch der geschichtliche Hintergrund, wenn man einem uralten Geschlecht entstammt, nicht ganz uninteressant war. Ich habe also einen etwas merkwürdigen Spagat beim Studium machen müssen. Der hat sich aber ausgezahlt, wie ich heute immer wieder an nackten Zahlen feststellen kann."

„Dass wir Sienesen ein traditionsbewusstes Völkchen sind, erfahren sogar die Tagestouristen in den ersten 30 Minuten", blinzelte Antonio.

Der Geschäftsführer kam heran, um mit Giovanni und Antonio etwas flüsternd zu besprechen. Giovanni nickte und wandte sich an Lea: „Sie sind doch eine hervorragende Weinkennerin, haben Sie Lust auf eine kleine Weinverkostung mit Test?"

„Aber ja!", rief Lea. „Ich werde versuchen, Sie nicht zu blamieren." Sie folgte dem Geschäftsführer in die Kellerräume, wo schon eine Gruppe auf die erste Aufgabe wartete.

Giovanni und Antonio nutzten die Zeit, um sich über die Polizeibefragung und Leas Entdeckung im Hinterhof bei der Umleitung auszutauschen. „Sie ist eine messerscharfe Beobachterin", bestätigte Antonio Giovannis Worte.

„Hast du das ernst gemeint, mit der Weinkennerin, oder wolltest du Zeit schinden?", fragte Antonio plötzlich.

„Wollen wir eine kleine Wette abschließen?", lockte Giovanni.

Antonio schüttelte heftig den Kopf. „Wenn du so anfängst, kann ich nur verlieren! Nun bin ich aber auf das Ergebnis gespannt!"

Lea wies inzwischen jeder Weinprobe eine Brotprobe zu und und benotete Bukett, Farbe und beim Brot Rinde und Krume. Sie stahl mit ihrem instinktiven Handeln sogar einem hochdotierten Sommelier die Schau. Als sie der Geschäftsführer an den Tisch zurückbrachte, hatte er die Fragebögen dabei. „Perfetto! Sie wird das Weingut würdig vertreten!"

Giovanni begann herzlich zu lachen. „Mein Lieber, das war kein Eignungstest für eine neue Mitarbeiterin! Sie ist Kunsthandwerkerin und mein privater Gast. Ich habe nur bemerkt, dass sie Wein-Genießerin ist, und beim ersten Kosten weiß, welche Qualität man ihr ins Glas gefüllt hat. Wir werden aber auf ihrem Gebiet zusammenarbeiten. Es könnte also durchaus vorkommen, dass sie wieder hier mit einkehrt."

„Es würde mich aufrichtig freuen!", strahlte der Geschäftsführer und berichtete von den langen Gesichtern der anderen, die beruflich mit Wein zu tun haben.

„Wirklich schade, dass du nicht auf meine Wette eingegangen bist", schmunzelte Giovanni.

„Ich kenne dich eben schon recht lange", lachte Antonio, Lea herzlich zum nebenbei errungenen Erfolg gratulierend.

„Ach! Hier steckt ihr! Da kann ich bei euch zu Hause lange vor der Tür die Straßenlaternen anbellen!"

„Manuele! Komm, setz dich zu uns!", rief Giovanni überrascht. „Wir feiern gerade Leas Sieg über einen Starsommelier." Er reichte ihm stolz das frisch ausgestellte Zertifikat.

„Hut ab!", staunte der Doktor.

Lea lachte. „Ich habe nicht geahnt, dass meine beinahe langweilig begonnene Geschäftsreise so aufregend werden könnte."

„Und er hatte mit Sicherheit noch nie einen Gast, dem er so viel Zeit gewidmet hat", schmunzelte Manuele.

Lea schaute Giovanni neugierig an.

„Da ist was Wahres dran", gab der unumwunden zu. „Für Sie wird immer ein Zimmer frei sein. Hoffentlich steht es nicht so lange leer."

Antonio und Manuele wechselten einen schnellen Blick. Ungeduld war ein völlig neuer Zug an Giovanni.

„Er ist bis über beide Ohren verliebt, möchte ich wetten", witzelte Manuele, als er später auf der Toilette allein auf Antonio traf.

„Ich möchte auch nicht dagegen halten. Heute kann ich nur verlieren", erwiderte der. „Ich hoffe, sie merkt es noch rechtzeitig."

„Willst du nachhelfen?"

„Um Gottes willen! Bloß nicht! Den Braten würde sie Meilen gegen den Wind wittern. Einfach zurücklehnen und wohlwollend beobachten", legte Antonio fest. „Sie wäre genau die Richtige für ihn, dafür würde ich allerdings schon meinen Hintern verwetten." Er berichtete, wie Giovanni im Taxi auf seinen interessierten Blick reagiert hatte.

„Ja, sie tut ihm definitiv gut. Die Gehirnerschütterung hätte glatt einen Ochsen ausgeknockt. Er sitzt hier und amüsiert sich glänzend, als habe er nie eine Bodenvase über den Schädel bekommen. Glückshormone sind eine feine Sache."

Giovanni führte inzwischen Lea in der ganzen Enothek herum. Sie hatte im Internet darüber gelesen und fand es spannend, welch wundervolle Kombination gehobener Weinhandel, gepaart mit Feinkost und Gastronomie ergab. Giovanni erklärte ihr detailliert das Prinzip.

„Hast du jemals erlebt, dass Romina an irgendetwas Interesse gehabt hätte, außer von ihm ein Bündel Bares in die Hand zu bekommen?", wisperte Manuele Antonio zu, als die beiden vor den besonders raren Weinen stehen blieben und fachsimpelten.

Der schüttelte den Kopf. „Ich werde auch alles daran setzen, dass sie keinen weiteren Schaden anrichten kann. Nicht nur, weil es mein Job ist, für den er mich bezahlt."

Giovanni setzte sich auffallend vorsichtig auf seinen Stuhl, nachdem er Lea ihren zurechtgerückt hatte.

„Was haben Sie?", fragte sie besorgt und auch Manuele horchte auf. „Es wäre sicher besser, wenn wir nach Hause fahren. Vergessen Sie nicht ..." Lea wurde bleich. „Bitte verzeihen Sie!"

Giovanni lächelte mühsam. „Ich bin froh, dass Sie auf mich aufpassen. Ich rufe ein Taxi. Freunde, seid bitte nicht böse."

„Ganz bestimmt nicht! Soll ich mitkommen?", bot Manuele an.

„Nein. Ich denke, ich komme klar. Lea weiß, wie sie dich erreichen kann, wenn gar nichts mehr geht." Giovanni verabschiedete sich mit Lea, weil zufällig ein freies Taxi wartend vor der Tür stand.

„Ich sage ja, die Gehirnerschütterung hätte glatt einen Ochsen umgehauen!", stellte Manuele erneut fest. „Ihr Abbrechen, bevor sie den Vorwurf ganz ausspricht, geht ihm jedenfalls tiefer unter die Haut, als wenn sie wie ein Rohrspatz schimpfen würde. So viel habe ich inzwischen mitbekommen. Ach verdammt, er soll sie einfach auf Knien anflehen, hierzubleiben!"

„Das sehe ich ganz genau so. Wir werden ziemlich ackern müssen, ihn wieder auf die Beine zu bekommen, wenn sie abreist." Antonio sah die Sache durchaus realistisch.

Zu Hause angekommen, bemühte sich Giovanni sehr, sich nicht anmerken zu lassen, wie elend es ihm wirklich ging. „Ich hätte nicht so viel Alkohol trinken sollen", gab er kleinlaut zu, obwohl sie kein Wort zu seinem Zustand sagte. „Es wird gleich wieder besser sein ..." Er setzte sich mühsam auf das Sofa im Salon, weil er begriff, dass er Lea nichts vormachen konnte. Einen Augenblick später war er ganz fest eingeschlafen.

„Kerle!", murmelte Lea amüsiert, schwenkte seine Beine in Liegeposition, nachdem sie ihm die Schuhe ausgezogen hatte. „Von wegen: gleich besser!" Sie holte die dünne Schlafdecke aus ihrem Zimmer, damit er sich nicht noch erkältete, denn die Klimaanlage erschien ihr sehr kühl eingestellt. Nun mochte sie ihn aber ungern allein lassen. Sie werde in ihrem Zimmer ganz sicher nicht hören, wenn er Hilfe benötigte. So schob sie kurzerhand zwei der wuchtigen Sessel für sich zu einem Schlafnest zusammen und deckte sich mit ihrer langen gestrickten Stola zu, die sie in der Enothek schön warm gehalten hatte. Sie fiel recht schnell in einen traumlosen Schlaf. Für sie ungewöhnlich, aber wohl auch dem vielen Wein geschuldet.

Mit dem Sonnenaufgang wurde Giovanni langsam munter. Er wunderte sich, nicht in seinem Bett zu liegen. „Ach du großer Gott!", murmelte er, als er bemerkte, dass er ja auch noch seinen Anzug trug. Im nächsten Augenblick war er wirklich hellwach, denn die Erinnerung kam wie ein Hammerschlag. „Heilige Jungfrau! Das wird sie mir nie verzeihen!", flüsterte er völlig entsetzt, als er, noch halb im Liegen, über die Armlehnen der Sessel spähte. Lea hatte das Handy neben sich deponiert und einen Zettel mit Manueles Notfallrufnummer.

Wie er es hinbekommen hatte, den Raum fast lautlos zu verlassen, hätte Giovanni nicht erklären können, als er schließlich unter der Dusche stand. Er grübelte, was Lea tun werde, wenn sie erwachte. Am meisten fürchtete er sich davor, sie könne mit gepacktem Koffer erscheinen, *arrivederci e grazie* (Auf Wiedersehen und danke) sagen und für immer verschwinden. In Anbetracht dessen, was er heute für sie geplant hatte, zog er etwas Sportlich-Elegantes an. Im Vorbeigehen spähte er noch einmal in den Salon. Das Sesselnest war leer. Sein Herz ließ vor Schreck gleich ein paar Schläge aus.

„Wie konnte ich nur so ein Idiot sein!", stöhnte er und wandte sich rasch der Küche zu, wobei er alle Türen offenließ, durch die er hören konnte, wenn Lea den Gang entlanglief. Als der Espresso durch den Filter lief, deckte er den Tisch, brachte die Sessel wieder an ihren Platz, schaltete die Klimaanlage ab und öffnete das Fenster ganz weit, damit die Morgensonne den Raum in goldenen Schein tauchte.

Dann klopfte er an Leas Tür. Keine Antwort. Beunruhigt pochte er noch einmal und rief, weil sich wieder nichts rührte: „Lea? Das Frühstück ist fertig!"

Die Tür ging auf, Lea spähte, rasch in das Duschtuch gewickelt, heraus. „Noch fünf Minuten. Ich beeile mich!"

Wären es echte Steine gewesen, die von Giovannis Herz abfielen, hätte man jetzt die halbe Stadt ausgraben müssen. Natürlich schaute er ihr mit gemischten Gefühlen entgegen, als sie bei Tisch erschien. Als sie lächelte, zog ein Wärmestrom durch seinen ganzen Körper.

„Alles wieder gut?", fragte sie kurz.

„Außer einem schlechten Gewissen, habe ich nichts zu klagen", sagte er zögernd.

„Warum schlechtes Gewissen? Sie hatten sich aus freien Stücken für Schmerzen entschieden. Ich mich, genau so frei, dafür, in Ihrer Nähe zu bleiben, um helfen zu können." Lea sog mit halb geschlossenen Augen den Duft des heißen Espresso in die Nase. „Und wenn Sie der Meinung sind, Sie müssten unbedingt irgendwas wiedergutmachen, dann spendieren Sie mir heute ein großes Zitroneneis."

„Ich schwöre, dass Sie das leckerste Eis der ganzen Toskana bekommen werden!", rief Giovanni, glücklich, dass sie nicht sauer auf ihn war. „Und als kleine Randbemerkung: Das war jetzt keine typisch italienische Übertreibung. Es hat wirklich schon etliche internationale Preise gewonnen."

Lea schmunzelte, er hatte ihren Gesichtsausdruck also bemerkt.

Sein Handy klingelt. „Das ist Manuele."

„Gehen Sie ran!", ermunterte ihn Lea, als er den Anruf ignorieren wollte.

„Alles okay", gab er nach kurzem schnellen Telefonat bekannt. „Er hat sich wegen gestern Sorgen gemacht."

„Da sind wir wenigstens schon zwei", blinzelte Lea.

„Wahrscheinlich habe ich Strafe verdient", seufzte Giovanni.

„Das klingt irgendwie nach Sado-Maso", platzte Lea lachend heraus.

Giovanni erstarrte erschreckt, dann stimmte er in das Lachen ein. Lea war nicht nur herrlich unbekümmert, sie hatte es wohl auch faustdick hinter den Ohren. Er war neugierig, was alles zum Vorschein kommen werde, wenn der Eispanzer der betonten Reserviertheit irgendwann ganz auftaute. Meist stille Wasser konnten unergründlich tief und geheimnisvoll sein. Jetzt hatte er noch mehr Stoff zum Grübeln und Träumen.

„Sie mögen doch Geheimnisse", sagte er nach Frühstück. „Was halten Sie davon, statt des offiziellen Weges zur Garage, einen vor aller Augen verborgenen Pfad zu erkunden?"

„Bin bereit!", gab sie bekannt. „An Ihrer Seite muss ich sicher keine Angst vor irgendwas haben."

Giovanni schloss die Fenster, schaltete Klima- und Alarmanlage ein, dann führte er Lea in den viele Jahrhunderte alten Keller. Er nahm eine leistungsstarke Taschenlampe vom Wandhaken, der sicher auch schon im 14. Jahrhundert an dieser Stelle gewesen war. Dann stemmte er sich mit beiden Händen an die Wand, die sich mit leisem Knirschen zu drehen begann. Er blinzelte Lea zu, stieg hindurch und reichte ihr die Hand als Hilfe.

Dann schloss er von innen auf gleiche Weise die verborgene Pforte. Lea schaute sich im

Lichtkegel der Lampe um. Das Fehlen von Staub wies darauf hin, dass er diesen Weg regelmäßig nutzte.

„Dieser Gang hat meinen Vorfahren des Öfteren den Kopf gerettet", erzählte er, langsam vorangehend. „In diesen Nischen", er leuchtete eine Wand ab, „wurden in Kriegszeiten sogar unsere Toten bestattet. Aber keine Sorge, man hat sie schon vor rund 200 Jahren in die Familiengruft überführt." Der Gang stieg nach einer leichten Biegung steil an. „Wir sind da." Giovanni fand zielsicher den Punkt, an dem man die Wand drehen konnte. Sie waren in einer sehr geräumigen, modernen Garage angelangt, in der ausschließlich teure Fahrzeuge standen.

„Welcher ist Ihrer?", fragte Lea überrascht.

„Alle." Giovanni weidete sich an ihrem Mienenspiel.

Lea schüttelte amüsiert den Kopf. „Gut, dann stelle ich die Frage anders: Welchen nehmen wir?"

„Den Quattroporte", legte Giovanni fest und staunte, als Lea zielsicher seinen silbergrauen Maserati ansteuerte, obwohl er die Marke nicht mitgenannt hatte.

Sie schaute sich das Heck an, lachte, und sagte: „Richtig getippt."

Giovanni grinste vergnügt. Der satte Sound des V8 klang nach sprungbereiter Raubkatze, als er ganz langsam auf das sich öffnende Tor zurollte. Dann noch ein kurzes Stück zwischen

Pinien hindurch und schon fädelte sich Giovanni in den laufenden Stadtverkehr außerhalb der Altstadt ein. Nach der vierten Kreuzung mit wild hupenden Auto schaute er Lea von der Seite an. „Sie sagen ja gar nicht mehr, hat Ihnen das Chaos die Sprache verschlagen?"

„Nein, ich genieße es, dass Sie nicht wie ein Irrer schimpfen und fuchteln."

Giovanni lachte herzlich. „Ich habe schon in sehr jungen Jahren begriffen, dass es dadurch nicht schneller vorwärtsgeht. Im Gegenteil! Es reicht, wenn einer deshalb völlig nervös wird, dann geht erst recht nichts mehr." Er tippte das Soundsystem an. „Haben Sie einen speziellen Musikwunsch?"

„Azzurro von Adriano Celentano werden Sie bestimmt nicht haben", blinzelte Lea. „Das ist für die heutige Zeit sicher zu antiquiert."

„Wenn Sie sich da mal nicht irren!" Im nächsten Augenblick schmetterte Celentano sein berühmtes Lied.

Lea seufzte, als es endete. „Sommer, Sonne und azurblaues Meer ... ach ja ..."

„Und auf einer strahlend weißen Segelyacht rausfahren und träumen", fügte Giovanni leise hinzu.

„Hmm, hmm ... ja ... Sachen, von denen ich leider nur träumen kann", murmelte Lea versonnen.

„Würden Sie mir einen Korb geben, wenn ich Sie im nächsten Jahr auf eine Segeltour vor Monaco einlade?", wagte Giovanni, zu fragen.

Lea schaute ihn regelrecht verträumt an: „Ganz bestimmt nicht." Dann seufzte sie wieder. Offenbar hatte sie gar nicht begriffen, dass die Frage die Einladung bereits beinhaltete.

Giovanni beschloss, sie abends bei romantischem Kerzenschein zu wiederholen. Jetzt erklärte er die Landschaft, die sie durchfuhren und brillierte mit seinem Geschichtswissen. Leas Blick wurde immer verträumter, sodass er schließlich fragte, woran sie denke.

„Ich stelle Sie mir gerade als Befehlshaber einer Armee, die ihre Heimat auf Leben und Tod verteidigt, hoch zu Ross, ein Schwert in der Hand, vor." Sie wurde puterrot. „Oh, das kommt davon, wenn man laut träumt."

„Dann wären Sie die Dame meines Herzens, der ich huldvoll den Sieg widmen würde."

„Sie veralbern mich!"

„Ganz bestimmt nicht." Giovanni lächelte nun ebenfalls still vor sich hin. „Schauen Sie! Da vorn, die Zypressen-Allee gehört schon zu meinem Besitz. Und da hinten, wo der kleine Turm aufragt, ist die Grenze zum Nachbarn. Von oben können Sie es dann noch besser sehen."

Mit *oben* meinte er die weitläufige weiße Villa, die eher einem Schloss glich, wie Lea kurz darauf feststellte. Das Auto stand noch nicht einmal auf dem Parkplatz, als der Ruf erschallte: „Il capo è arrivato!" (Der Chef ist angekommen!)

„Nie kann ich mich unbemerkt anschleichen!", brummte Giovanni blinzelnd, Lea die Tür öffnend und ihr aus dem Sitz helfend.

Aus allen Ecken und Enden tauchten Personen auf, die freundlich grüßten oder von Ferne herüberwinkten. Lea bemerkte erst jetzt den großen Gebäudekomplex in der Hälfte des sanften Hügels.

„Da unten werden meine Spitzenweine produziert", erklärte Giovanni. „Wir gehen gleich hinunter. Ich will nur erst der Belegschaft im Haus hallo sagen. Wir haben hier zehn Ferieneinheiten, also große und kleine Zimmer und je einen Saal für Feiern und Weinverkostungen. Ach, da geht der Trubel auch gleich los!", rief er, als ein Reisebus in die Allee einbog. „Wir verschwinden erst mal in die Kellerei, bis es ruhiger ist. Mitunter geben sich die Busgesellschaften die Klinke in die Hand, bis es dunkel wird."

„Rosalia, haben Sie trotzdem noch einen Traubensaft für uns, auch wenn es gleich hektisch wird?", fragte er lächelnd.

„Aber immer, Chef, das wissen Sie doch!" Sie füllte zwei Kristallgläser mit der roten, gut gekühlten Leckerei.

„Sehr erfrischend", lobte Lea.

„Ich schwöre, ich werde mich heute, außer einem Glas zum Anstoßen, ausschließlich an

67

alkoholfreie Getränke halten!", gab Giovanni bekannt.

„Sie wollen doch nicht etwa abstinent werden, Chef?", erschreckte sich Rosalia.

„Ganz bestimmt nicht. Ich kann es nur nicht haben, wenn der Doktor und meine Geschäftspartnerin die Augenbrauen zusammenziehen, weil ich leichtfertig die Heilung gefährde." Er zeigte auf seine lädierte Stirn, wo der blaue Fleck langsam Grün- und Gelbtöne annahm.

„Ich und alle anderen sind froh, dass nichts Schlimmeres passiert ist", sagte Rosalia leise. „Wir haben uns große Sorgen gemacht."

„Dafür bin ich allen auch sehr, sehr dankbar. Und jetzt verschwinden wir im Laufschritt, ehe wir von der Touri-Lawine überrollt werden."

Rosalia nahm ihnen die leeren Gläser aus der Hand und zeigte auf die Hintertür. Giovanni führte Lea gemütlich durch die Wirtschaftsräume nach draußen. „Wie steht es mit der Hitzeempfindlichkeit?", fragte er vorsichtshalber, weil der Weg so kurz vor der Mittagszeit fast glühte.

„Es geht wieder. Ich konnte ja heute Morgen sogar duschen." Lea hängte sich bei ihm ein. Sie genoss die körperliche Nähe.

Er fühlte genau so.

„Läuft da was?", fragte der Koch, den Kopf zum Empfangstresen hereinsteckend.

„Keine Ahnung! Er sprach von Geschäftspartnerin. Ich denke, wir werden es früh genug erfahren." Rosalia zuckte schmunzelnd mit den Schultern und widmete sich den hereinströmenden Tagestouristen.

Auf dem Weg zur Kellerei zeigte Giovanni Lea verschiedene Rebsorten und erklärte, was man daraus machen konnte. Er spürte deutlich, dass sie nicht aus bloßem Anstand zuhörte. Immer wieder war ihm aufgefallen, wie interessiert sie allem Neuen begegnete. Und erneut ertappte er sich dabei, sie mit anderen zu vergleichen, die allesamt nicht gut wegkamen. Sie hatte zwar erklärt, dass sie allein lebte, das hieß aber nicht, dass nicht doch jemanden gab. Vielleicht ignorierte sie ja deshalb seine zaghaften Versuche auf mehr, als Geschäftspartnerschaft? Er beschloss, es herauszufinden.

„Giovanni? Giovanni! Geht es Ihnen nicht gut?", hörte er wie durch eine Watteschicht Leas Stimme.

„Wie?!" Er schaute sich erschreckt um.

„Alles in Ordnung?", fragte sie vorsichtig.

„Doch, doch. Ich glaube schon. Diesmal war ich in Gedanken in einer ganz anderen Zeit."

„In welcher?"

„In der Zukunft", gab er lächelnd zurück und betrat mit ihr die Halle, wo im Herbst die reifen Trauben angeliefert wurden.

Natürlich lief auch hier das Personal zusammen, um den Chef persönlich zu begrüßen. Die Klatschpresse hatte ausnahmsweise nicht übertrieben, die langsam verheilende

Wunde war echt und der sich färbende blaue Fleck riesig. Und es gab auch die geheimnisvolle Fremde, die er versehentlich über den Haufen gerannt hatte.

Fast zwei Stunden führte der Produktionsleiter persönlich den Chef und seinen charmanten Gast bis hin zum Fasskeller, wo sie zuschauten, wie gerade Proben genommen wurden.

„Ein guter Jahrgang", lobte der Winzer den jungen Wein. „Wir werden auch alle Interessenten beliefern können."

„Ich habe eine kleine Wunschliste mit. Packen Sie mir das Auto voll? Und dann möchte ich eine Lieferung Wein und Sekt mit Champagnergärung direkt nach Deutschland verschicken lassen. Die Rechnung geht auf mich."

„Geht alles klar, Chef. Ich brauche zur Sorte mit Stückzahl nur noch Adresse und Lieferdatum."

Lea riss die Augen auf. Wer der Empfänger sein werde, musste sie wirklich nicht raten.

Entscheidungen

Auf einem anderen Weg wanderten sie zur Villa zurück. Lea entdeckte unzählige Insekten zwischen den Weinreben, die sie ganz ausführlich fotografierte.

„Gibt es etwas, das Sie überhaupt nicht interessiert?", fragte Giovanni amüsiert.

„Fußball." Lea hob die Schultern. „Aber so richtig hinterm Ofen vor bekommt man mich nur mit Rugby wenn die All Blacks spielen."

Giovanni begann derartig schallend zu lachen, dass er ein ganzer Schwarm Vögel wild die Flucht ergriff. „Ich hätte auf Schaulaufen im Eissport getippt!"

„Wegen Celentano?"

„Genau!" Er blinzelte Lea vergnügt an. Sie überraschte ihn immer wieder. Es war eigentlich nie wirklich vorhersehbar, wie sie auf etwas reagieren werde. Bei jedem anderen hätte er deshalb sofort geschäftlich den Rückzieher gemacht. Aber das, was sie vorhatte, war für die Dimensionen, in denen er sonst vordenken musste, so geringfügig wie ein Wimpernschlag. Sie wollte keine Millionen scheffeln, sondern nur das nackte Überleben sichern. Um welche Beträge es dabei genau ging, sollte er heute beim Essen erfahren.

Sie hatten gerade Platz genommen, als auch schon eine Kellnerin die Getränkewünsche aufnahm. „Heute nur alkoholfrei, ich muss fahren", erklärte Giovanni noch einmal. Dann sprach er sich kurz mit Lea über das warme Essen ab und orderte die gleichen Nudelspezialitäten, deretwegen die vielen Reiseveranstalter besonders gern auf seinem Weinberg halt machten.

Lea schwebte auf Wolke sieben und testete mit Balsamico und Olivenöl munter drauflos. Zwischen den einzelnen Happen gab sie Zahlen und Daten bekannt, die Giovanni in sein Handy tippte.

„Da wir hier, wie Sie gesehen haben, auch eigenes Olivenöl pressen, möchte ich Ihre Kreationen hier neben dem Tresen in einer Vitrine zum Verkauf anbieten", legte Giovanni seine Gedanken dar. „Inspiriert von der Schönheit der Toskana, hat die deutsche Künstlerin Lea Minnich ... und so weiter und so fort."

Lea riss die Augen auf. „Ich habe nicht einmal gewagt, an einen festen Standort zu denken."

„Ein Drittel des Gewinns als Provision an mich", sprach Giovanni weiter.

„Akzeptiert!", sagte Lea sofort. Bei dieser Art der Rechnung blieb der reine Materialwert immer auf ihrer Haben-Seite.

Darüber, in welchen Stückzahlen sie liefern konnte, hatten sie schon gesprochen und er sagte gern zu, alles in den Handel zu bringen, was sie ihm schicken werde.

„Ich habe noch eine Idee für die Ketten", fiel ihm plötzlich ein. „Sie könnten doch sicher kleine silberne Drachen, das Zeichen unserer

Contrada neben dem Verschluss anbringen, das wäre ein Anreiz für viele, direkt in Siena zu kaufen. Wir besuchen morgen ganz einfach ein Geschäft, das möglicherweise auch ein paar Ketten ins Sortiment nehmen könnte."

„Das ist, wie alle Feiertage auf einmal", staunte Lea.

Giovanni winkte Rosalia heran, um ihr seine Entschlüsse mitzuteilen.

„Aber gern!", rief sie begeistert. „Ich werde immer wieder mal nach Olivenholzschmuck gefragt, weil wir ja auch Öl haben. Das passt hervorragend."

Am späten Nachmittag bekam Lea das versprochene Zitroneneis, an das sie schon gar nicht mehr gedacht hatte. Es schmeckte vorzüglich. Dann saßen sie bis zum Sonnenuntergang auf der Terrasse und schaute zu, wie sich der Himmel von gold bis violett und schwarz färbte.

Giovanni sah auf die Uhr. „Lea, ich traue mich kaum, zu fragen, wäre es sehr vermessen, hier zu übernachten?"

„Keineswegs. Ich bin kein Zierpüppchen, das morgens großes Make-up Brimborium braucht", gab sie bekannt.

„Danke!" Er eilte an den Tresen. Lea konnte sehen, wie sein Gesicht zuerst aufstrahlte und dann lang und immer länger wurde. „Es sind zwar zwei Betten frei, aber in einem Zimmer", sagte er tonlos, als er sich wieder an den Tisch setze.

„Und nun haben Sie Angst, ich könnte Ihnen nachts in den Hals beißen und das Blut aussaugen", kicherte Lea.

„Heißt das, Sie würden ...?"

Lea nickte.

Giovanni war mit einem Satz wieder bei Rosalia, ehe andere Anspruch auf das letzte Zimmer anmelden konnten. Zum Abendbrot ließ er den teuersten Champagner kommen, den sein Weinberg hergab, um mit Lea auf gute Geschäfte anzustoßen.

„Also ganz sicher bin ich nicht mehr, dass da nichts läuft", wisperte Rosalia dem Koch zu. „Sie haben das letzte Zimmer gemeinsam genommen."

„Da bin ich nun aber ganz sicher, dass nichts läuft. Du kennst ihn doch. Mal schauen, wenn er eine spanische Wand ordert."

„Du bist albern!" Sie warf mit einem Sektkorken nach ihm.

Fast als Letzte verließen Giovanni und Lea die kleine Bar, um das Zimmer direkt unterm Dach aufzusuchen. Als Giovanni noch überlegte, wie sie sich arrangieren sollten, hatte Lea schon ihre Kleidung über eine Stuhllehne gehängt. „Erste unter der Dusche!"

Er schaute restlos verblüfft mit offenem Mund hinterher, wie sie in Slip und BH ins Bad eilte. Fast mechanisch begann er, sich ebenfalls auszuziehen, und das Bett auf der anderen Seite des Raums herzurichten.

„Das Duschen hat gutgetan!", verkündete sie.

Ihm entgingen nicht die großen blassroten Flecke auf ihrer Haut.

Als er endlich auch im Bett lag, fiel ihm ein, dass er sie wegen des Urlaubs ansprechen wollte. Nur war das nicht so einfach. Leise gesprochen, verstandenen sie sich kaum und lauter konnten alle aus dem umliegenden Zimmern mithören. Da hörte er, wie Lea aufstand. Einen Wimpernschlag später merkte er, dass sie sich auf seine Bettkante setzte.

Beim nächsten Atemzug kuschelte sie sich unter seine Decke. „Ich glaube, so lässt es sich besser reden."

Er rückte bis an die Wand und flüsterte: „Nicht, dass Sie noch rausfallen", selig, ihre Haut an seiner zu spüren. „Das mit dem Urlaub auf der Yacht war ernst gemeint, wollte ich schon den ganzen Tag erklären", flüsterte er. „Sie kommen doch mit? Oder?"

„Oh ja, ich komme mit", freute sich Lea. „Mit Ihnen kann es nur ein ganz wundervolles Abenteuer werden."

„Ein Kompliment, das ich gerne zurückgebe", wisperte er.

Lea richtete sich auf und er glaubte fest, sie werde zu ihrem Bett gehen. Da streifte sie den BH ab, warf ihn Richtung Tisch, murmelte: „Der Verschluss stört", kuschelte sich fest an Giovanni und schlief ein.

„Ich glaube, mich laust der Affe!", staunte der, nahm sie liebevoll in den Arm und folgte ihr ins Land der Träume.

Gegen morgen zog ein Gewitter auf. Es donnerte, blitzte und regnete. Giovanni war schon beim ersten Donnerschlag hellwach und lag nun ganz still, aber mit dem breiten Lächeln eines Siegers, um Lea nicht zu wecken. Als es den nächsten richtig heftigen Hieb gab, öffnete Lea mit einem fragenden Laut die Augen spaltbreit.

„Keine Ahnung, warum der Donnergott so sauer ist", flüsterte Giovanni. Seine Fingerspitzen huschten fast automatisch über ihre Rücken.

Lea kuschelte sich fester an. „Der meint nicht uns."

Als er glaubte, sie sei wieder eingeschlafen, zog er die Hand zurück.

„Nicht aufhören", wisperte sie kaum hörbar.

„Genießerin", raunte er ihr ins Ohr.

„Ohhh jaaaa", kam es postwendend und Giovanni begann, vorsichtig auszutesten, wie weit er gehen durfte. Mit wachsender Begeisterung stellte er fest, überall auf eindeutiges Wohlwollen zu stoßen. Und wenige Augenblicke später war er froh, dass er die Zimmer hatte mit wirklich guten Möbeln ausstatten lassen. Auch wenn die Wände dünn waren, dürfte man nebenan kaum gehört haben, wie heftig es zur Sache ging.

„Das schreit nach Wiederholung!", seufzte er rundum zufrieden.

„Ich bitte darum", blinzelte Lea genüsslich.

Mit fröhlichem: „Guten Morgen!", grüßten sie Rosalia, als sie in den kleinen Speisesaal frühstücken gingen.

Sie hätte gar zu gern gewusst, ob sich beide seit dieser Nacht duzten. Nur ließ die englisch geführte Unterhaltung keine Rückschlüsse zu. Sich glänzend verstanden und viel gelacht hatten sie ja schon, als sie ankamen. Erst als Giovanni Lea die Autotür öffnete, fand sie ein Indiz, denn seine Hand ruhte für einen Moment eindeutig auf ihrer Kehrseite, was bei bloßen Geschäftspartnern undenkbar gewesen wäre. „Also doch!", schmunzelte sie und rief in die Küche: „Ich hätte die Wette gewonnen!"

Der Regen hatte den Staub fortgewaschen und alles prangte in satten Farben.

„Meine Heimat hat sich extra für dich so schön gemacht", erklärte Giovanni, als sie kurz vor Siena waren. „Könntest du dir vorstellen, als meine Partnerin geschäftlich und im Leben, hier zu arbeiten?"

„Würde ein so traditionsbewusstes Volk mich überhaupt an deiner Seite akzeptieren?", stellte Lea die Gegenfrage.

„Ja, denn wir leben nicht mehr im Mittelalter", wischte Giovanni jeden Zweifel vom Tisch.

„Und deine Familie?"

„Die würde ganz sicher ihren Segen geben, wenn sie noch lebte", erklärte er. „Seit meine

Eltern bei einem schweren Unglück zu Tode kamen, bin ich der letzte Conti dieser Linie."

„Oh, mein Gott!", murmelte Lea. „Du hast ja auch schon so beinahe alles durchlebt."

„Und wie lautet deine Antwort?", fragte er, das Auto direkt vor dem Haus parkend, um den Kofferraum bequem leeren zu können.

Lea schaute ihn fest an. „Ich kann es mir vorstellen."

Giovannis Jubelschrei ließ ein paar Passanten erschreckt herumfahren. Lea lachte herzlich. „Bis heute morgen habe ich es für ein Hirngespinst meiner blühenden Fantasie gehalten, dass du wirklich Interesse an mir haben könntest."

„Oh, und was ich für ein Interesse habe! Ich habe ständig überlegt, wie ich es dir kundtun könnte, ohne dich zu verschrecken", verriet Giovanni, deutlich erleichtert. Er erzählte, wie er zwei Tage zuvor Antonio angegangen war, weil der sie für seinen Geschmack zu auffällig gemustert hatte.

„Das wäre auch eine Frage: Wie werden es deine Freunde aufnehmen?", seufzte Lea.

„Darüber musst du dir die wenigsten Gedanken machen!", rief Giovanni. „Manuele wird einen halben Freudentanz hinlegen, wenn er es erfährt. Antonio dürfte ähnlich reagieren, oder ich kenne meine besten Freunde nicht. Wir werden uns heute Abend mit ihnen in meinem Lieblingsrestaurant treffen."

„Sehr gut, denn ich möchte nicht als unliebsamer Fremdkörper für böses Blut sorgen", seufzte Lea.

„Du bist überbesorgt."

„Öfter. Ich weiß." Lea zuckte beinahe hilflos mit den Schultern.

„Für mich ist das kein Problem, zumal es bisher auch durchaus angebracht war, mich zu bremsen." Giovanni trug die letzte Kiste Wein ins Haus, Lea schloss die Tür. „Ich gelobe Besserung", blinzelte sie.

Giovanni zog sie an seine Brust, um sie ganz eng umschlungen festzuhalten. Nach einem zärtlichen Kuss löste er sich von ihr. „Komm, Schatz, wir gehen ein bisschen deinem Geschäft nach."

Diesmal kleideten sich beide in Jeans und Poloshirts. Lea steckte ein Etui mit unterschiedlichen Ketten und Armbändern in die kleine Umhängetasche, schlüpfte in bunte Freizeitschuhe und meldete: „Bin bereit!"

Dass sie für verwunderte Blicke bei der Nachbarschaft sorgten, als sie Arm in Arm gemächlich in die Straße hinab spazierten, ließ beide vergnügt grinsen. Die Contrada del Drago hatte eine kleine Sensation. Der begehrteste Junggeselle des Viertels schien sich entschieden zu haben.

„Wetten, dass sich gerade die Handys heiß laufen?", schmunzelte Giovanni.

„Du würdest haushoch gewinnen. Die zücken wirklich alle sofort das Telefon, kaum dass wir an ihnen vorbei sind", kicherte Lea, die Szenen in den Spieglungen der Fensterscheiben beobachtend.

„Eine Sommerromanze oder darf man gratulierend?", fragte jemand hinter ihnen.

„Mario! Gratulationen werden huldvoll angenommen", blinzelte Giovanni.

„Mamma Mia! Dass ich das noch erleben darf!", rief Mario mit lustig zum Himmel verdrehten Augen. „Da muss er erst eins über den Schädel bekommen, damit er merkt, auf welches Pferd er setzten sollte!"

„Drastisch, aber zutreffend", stöhnte Giovanni.

„Was für ein schöner Tag! Viel Spaß noch!" Mario trollte sich zufrieden lächelnd.

Zwei Ecken weiter war der kleine Laden, den Giovanni für Leas Ketten ausersehen hatte.

„Welch seltener Besuch", staunte die Inhaberin, Lea neugierig beobachtend.

„Mich treibt es geschäftlich her", gab Giovanni bekannt.

„Du willst doch nicht etwa meinen Laden aufkaufen?!", rief die Besitzerin entrüstet, worauf Giovanni schallend zu lachen begann.

„Ach was! Ich will einfach nur für meine Geschäftspartnerin fragen, ob du Interesse hast, ihren Schmuck oder Accessoires mit zu vertreiben. Sie ist Deutsche und spricht kaum Italienisch." Er nickte Lea zu, die ihr kleines Etui aus der Tasche nahm, es geöffnet auf den Tresen legte und einen Flyer der anderen Produkte daneben schob. „Sie wird noch, zur Contrada passend, kleine silberne Drachen neben den Verschlüssen anbringen."

„Legno di ulivo?" (Olivenholz), murmelte die Inhaberin.

„Sì ", bestätigte Lea und fügte auf Englisch hinzu. „Wenn es gewünscht wird, kann ich auch in Palmholz arbeiten." Sie blätterte die entsprechende Seite im Flyer auf.

„Das sind deine Einkaufspreise", erklärte Giovanni.

„Ich rufe dich an! Bis später!", versprach die Ladeninhaberin und beeilte sich, ihre Kundschaft zu beraten, die neben dem Tresen wartete.

Lea schaute ihn fragend an.

„Sie hat nicht nein gesagt", blinzelte er und dirigierte Lea in eine Seitengasse. „Kümmern wir uns einfach schon mal um die Drachen." Er öffnete die Tür zu einem kleinen, aber gediegenen Juweliergeschäft.

„Giovanni! Sieht man dich auch wieder mal? Und wer ist deine reizende Begleiterin?" Der Juwelier begrüßte Lea mit Handkuss. „Marina, quattro espressi!" Er führte beide ins gemütliche Hinterzimmer und schaute sie aufmunternd an.

„Ja, du tippst richtig. Es liegt mir sehr viel an ihr. Wir sind aber aus einem ganz anderen

Grund hier, zumindest heute", gab Giovanni bekannt. „Sie fertigt Schmuck, den sie in Siena verlaufen möchte. Und ich habe vorgeschlagen, kleine silberne Drachen, figürlich oder als graviertes Plättchen anzubringen, um auf unsere Contrada hinzuweisen."

Lea nahm die Ketten aus der Tasche.

„Acht Millimeter Durchmesser", murmelte der Juwelier mit geschultem Blick und kramte ein passendes Blech hervor. Er kniff ein Auge zu. „Gravieren und Stanzen ohne Entgraten zum Freundschaftspreis von 15 Euro je 100 Stück in Sterlingsilber."

„Da sage ich nicht nein!", freute sich Giovanni. „Gib Bescheid, wenn ich sie abholen kann."

Marina jonglierte das volle Tablett herein. „Ist das schön, dich mal wieder außerhalb des Protokolls zu sehen!" Sie begrüßte auch Lea sehr herzlich. „Wenn ich dich so anschaue, dann scheint in groben Zügen zu stimmen, was in der Zeitung gestanden hat."

„Ausnahmsweise ist diesmal die Wahrheit schlimmer, als das, was die Schreiberlinge daraus gemacht haben", erzählte Giovanni. „Lea ist die geheimnisvolle Fremde, die ich wirklich und wahrhaftig über den Haufen gerannt und die Mauer hinunter gestürzt habe."

Marina rang die Hände. „Mio dio! Was hätte nicht alles passieren können!"

Salvatores Blick huschte soeben über Leas bunte Sneakers. „Ich habe letzte Woche etwas zugekauft, das die gleichen Eltern wie Ihre Schuhe haben muss", kicherte er und holte eine der kleineren mit Samt gepolsterten Steckplatten voller Ringe aus der Vitrine.

„Stimmt!", schmunzelte Giovanni nach kurzem Vergleich. „Es ist haargenau die gleiche Farbzusammenstellung. Da sollte sich doch der passende Ring finden lassen!" Er zeigte auf einen schmalen Memory-Ring mit vielfarbigen funkelnden Zirkonia.

Genau dieser gefiel auch Lea am besten – edel und elegant, statt Prunk und Protz. Die richtige Größe war schnell gefunden.

„Wenn du jetzt noch die passenden Kreolen dazu hast, bist du der Halbgott unter den Juwelieren", sagte Giovanni.

„Und wie ich die habe!" Salvatore fasste blind in den Schub hinter sich. „Prego!"

„Gracie mille!" Giovanni betrachtete erfreut die hübschen Stücke. „Leg sie an!", bat er Lea, die den Wunsch sofort erfüllte.

Giovanni zahlte, sie verabschiedeten sich und spazierten gemächlich nach Hause.

„Da hat er endlich mal eine fürs Herz, statt eine Notdürftige im Bett", stellte Marina fest und hielt sich rasch den Mund zu.

„Wo du recht hast, hast du recht", brummte Salvatore. „Ich habe mich die ganze Zeit gewundert, wie einer wie er an so ein Flittchen wie diese Romina geraten konnte."

Lea bedankte sich inzwischen hoch erfreut bei Giovanni. Der Schmuck war einfach zauberhaft. „Für all die schönen Stunden, die du mir schon geschenkt hast, ist das nur eine winzige Aufmerksamkeit", wiegelte er ab. „Wenn ich daran denke, dass du in zwei Tagen schon wegfahren musst, möchte ich dir glatt die halbe Welt zu Füßen legen, damit du ganz schnell wiederkommst."

„Du bist doch bestens bewandert, wie man international irgendetwas auf die Reihe bringt", überlegte Lea laut. „Was passiert, wenn ich wiederkomme und schon meinen halben Kleiderschrank im Auto habe, und ich kontrolliert werde? Brauche ich da irgendwelche Papiere, die erklären, dass ich nach Italien umziehe? Oder wie bewerkstellige ich das überhaupt?"

„Sprechen wir heute Abend mit Antonio! Der ist studierter Rechtsverdreher und kann so beinahe alles passend machen", feixte Giovanni. „Warum sollen wir uns unsere Köpfe zerbrechen?"

„Und wenn er dir dafür eine Rechnung stellt?"

„Dann zahle ich für die Informationen und gut ist es." Giovanni strahlte sie fröhlich an. „Wenn es nach mir ginge, könntest du gleich morgen mit Sack und Pack vor der Tür stehen."

„Wenn es nach mir ginge, würde ich das auch tun", gab Lea zu.

„Was sagt uns das? Wir brauchen einen kompletten Umzugsservice, der dir die Möbel, die du mitnehmen willst, abbaut und sämtliche Kisten aus der Wohnung bis hier in die Wohnung transportiert. Wo wir was hinstellen, überlegen wir, wenn alles da ist. Was du dann nicht mehr brauchst, verkaufst du ganz einfach. Und ich werde mit dem Flugzeug kommen und mit dir in deinem Auto hierher fahren, damit du dich nicht in der großen weiten Welt der Mautstraßen verirrst."

„Oh, das wäre wundervoll!", jubelte Lea. „Ich werde sofort mit Packen beginnen, wenn ich wieder zu Hause bin!"

„Dann darf ich ernsthaft damit rechnen, dass du in etwa vier Wochen für immer bei mir sein wirst." Giovanni rieb sich die Hände.

„Hoffentlich machen wir keinen Fehler, wenn wir es so überstürzen", seufzte Lea.

Giovanni zog die Augenbrauen zusammen. „Wenn du möchtest, setzten wir einen Vertrag auf. Ich würde dich weder zwingen, bei mir zu bleiben, noch dir das Leben vergällen, wenn es so käme."

Sie küsste ihn auf die Nasenspitze. „Lassen wir es einfach drauf ankommen! Ich wäre die, welche mit tausend Problemen kämpfen müsste, ginge es schief."

„Ich muss noch eine Stunde arbeiten", erklärte Giovanni. „18:30 Uhr gehen wir hier los. Sportlich elegant", fügte er auf Leas fragenden Blick hinzu.

„Sollte funktionieren", erwiderte sie lächelnd.

Giovanni schüttelte amüsiert den Kopf. „Ich bin ständig am Staunen, was dein winziger Koffer alles hergibt."

„Ich auch, mein Schatz, ich auch", lachte sie vergnügt.

Und während er sich durch den Dschungel der Geschäftsmails kämpfte, relaxte sie unter der Dusche, salbte akribisch die langsam verblassenden entzündeten Hautpartien ein, um sich für eine halbe Stunde auf das Bett zu legen. Auf dem Weg dahin streifte ihr Blick die Sträucher auf der anderen Straßenseite ...

„Lea, was ist passiert?", fragte Giovanni, als sie anrief, statt zu ihm zu kommen.

„Schau mal ganz vorsichtig aus dem Fenster. Lass dich möglichst nicht sehen und sag mir, ob du auf der anderen Straßenseite das Gleiche erblickst, wie ich."

Giovanni stand mit dem Handy auf und näherte sich seitlich dem Fenster. Durch die waagerecht gestellten Lamellen sah er sicher mehr, als Lea durch die dichten Gardinen. „Das ist der Gipfel!", hörte sie ihn grollen. „Hast du Fotos gemacht?"

„Ja. Mehrere. Im Augenblick nehme ich ein Video auf", gab Lea bekannt. „Ich habe Glück, dass zwischen Gardine und Wand ein kleiner

Spalt ist, der genug Platz bietet, um gestochen scharfe Bilder zu haben."

„Danke, Schatz. Ich rufe die Polizei an." Giovanni wählte die Nummer des Präsidenten persönlich, worauf sich innerhalb weniger Minuten von beiden Seiten unscheinbare PKW näherten. Sie fuhren aneinander vorbei, hielten an und vier Männer sprangen heraus, die blitzartig das Gebüsch in die Zange nahmen.

Der sirenenartige Jaulton beim Zugriff ließ Giovanni finster grinsen. Mit genau dieser Tonlage hatte Romina immer wieder seine Ohren malträtiert, wenn ihr etwas nicht passte. Und das war innerhalb des knappen Jahres, das er sie kannte, ständig mehr geworden. Ihm war klar, dass Lea noch immer, gut vor Blicken verborgen, filmte.

„Hab den Krimi komplett im Kasten", gab sie bekannt, in sein Büro kommend. Sie schwenkte Handy und Ladekabel. „Kannst ihn dir gleich auf den Laptop laden!"

„Aber ja doch!" Giovanni stöpselte ihr Handy sofort an, um sich Film und Einzelbilder herunterzuziehen.

„Nicht kopieren, einfach alles rüberziehen. Ich möchte davon nichts aber auch gar nichts haben", erklärte Lea verständlicherweise.

„Oh je, bei den Datenmengen wird auch noch die Zeit knapp", stöhnte Giovanni, weil der Download etwas länger dauerte.

„Wir sind doch sportlich", lachte Lea. „Und ich habe keine Geheimnisse auf meinem Handy. Zieht dein Laptop zu viel runter, schiebst du es ganz einfach wieder zurück."

Also ließen sie die Geräte laufen und machten sich für den Abend fertig. Lea winkte ab, als sie gehen mussten und noch immer der Ladebalken blinkte.

„Du siehst umwerfend aus", strahlte Giovanni, als sie mit cremefarbener Leinenhose und weißer taillierter Bluse erschien. Dazu trug sie ihre bunten Schuhe und den Multicolorschmuck. Das Haar hatte sie aufwändig hochgesteckt. „Gehen wir langsam. Sie werden es verstehen, wenn wir ihnen erzählen, was du beobachtet hast."

Das mussten sie nicht einmal tun, denn der Buschfunk hatte die Geschehnisse schon in der ganzen Altstadt verbreitet.

„Wir dachten, ihr sagt ab", verriet Antonio.

„Zehn Minuten über Termin. Wir liegen doch gut im Rennen", schmunzelte Lea, als ihr Giovanni den Stuhl zurechtrückte.

„Was möchtest du trinken?", fragte er und die Freunde horchten auf.

„Einen roten Traubensaft, für den Anfang", bat sie.

„Was feiern wir?", staunten sie schließlich, als Giovanni zum Essen eine Runde Champagner orderte.

„Schocktherapie oder häppchenweise?", fragte Giovanni breit lächelnd.

„Schock. Wir sind leidensfähig", grinste Manuele.

Lea nickte und Giovanni gab bekannt: „Lea wird innerhalb der nächsten vier Wochen dauerhaft bei mir einziehen."

Der spontane Applaus seiner Freunde, tat ihr unendlich gut.

„Und da sind wir an dem Punkt, wo uns Antonio ein paar hilfreiche Ratschläge geben muss, damit sie ohne Probleme einen Umzugs-LKW voller Sack und Pack über alle Grenzen bekommt." Giovanni schaute ihn bittend an.

„Geht klar!", versprach der Anwalt. „Ich werde mich auch um den ganzen Anmeldemarathon kümmern. Wie ich sie einschätze, wird sie nicht dein Anhängsel sein wollen."

„Richtig. Sie bekommt wieder eine kleine Werkstatt und wird kreativ arbeiten", ergänzte Giovanni. Er erklärte auch, was er zu tun gedachte, um sie wohlbehalten mit ihrem Auto durch Italien zu lotsen.

„Das klingt nach ganz großer Liebe", staunte Manuele, worauf beide heftig nickten.

„Das waren die angenehmen Nachrichten", schmunzelte Antonio, „Nun erzählt aber, was als Gerücht durchs halbe Viertel flog!"

„Das ist schnell gesagt." Giovanni beschrieb die Festnahme und das Drumherum aus seiner Sicht.

„Bekomme ich das Bildmaterial?", fragte Antonio. „Da lässt sich Minimum was in Richtung Stalking machen."

„Gleich morgen früh", versprach Giovanni. „Wir sind losgezogen, als die Datenübertragung von Leas Handy auf meinen Laptop bei 60 Prozent war."

„Ach, Lea, wenn Sie irgendwann mal keine Lust mehr haben, Schmuck zu fertigen, nehme ich Sie als Detektivin unter Vertrag", lachte Antonio. „Das ist nun schon das zweite Mal, dass Sie ganz nebenbei äußerst wertvolle Daten liefern."

„Da können Sie deutlich sehen, wie viel ein Blick für winzigste Details wirklich wert ist", schmunzelte Lea. „Ich bin aufmerksam geworden, weil etwas sehr Helles durch das dunkelgrüne Laub schimmerte. Da nutzt der beste Tarn-Anzug nichts, wenn der Kopf platinblond ist und wie ein Rückstrahler leuchtet. Und dann war da noch der Lichtreflex auf dem Fernglas, der zwei Mal aufblitzte. Zu viele Dinge, die ein Strauch normalerweise nicht macht. Da habe ich mit dem Handy aufgezoomt, was ich besser sehen wollte und einen Volltreffer gelandet."

Antonio nickte grinsend, ja die *Silberpappel* war nirgends wirklich zu übersehen gewesen. Und sah man sie nicht, hörte man sie mit ihrer schrillen Stimme schon Meilen im Voraus quaken. Er konnte sich auch nicht erinnern, mit ihr jemals mehr als zwei Sätze gewechselt zu haben.

„Apropos Volltreffer", warf Manuele ein. „Giovanni, wie geht es deinem Kopf? Die Farbe sieht zumindest schon etwas freundlicher aus."

„Sein Innenleben rebelliert nicht mehr", erwiderte er. „Ich hab wahrscheinlich das ideale Heilmittel." Er hauchte Lea einen Kuss auf die Wange.

„Das scheint mir auch so", blinzelte Manuele vergnügt. „Ich gebe gern zu, dass Antonio und ich schon erfolglos gerätselt haben, wie wir dich aus der Schockstarre retten könnten, wenn Lea ohne echte Aussicht auf Wiederkehr abreisen würde."

Sie schaute Giovanni erschreckt an. „So schlimm?"

„Schlimmer", erwiderte er mit Grabesstimme. „Ich würde vermutlich leiden, wie ein täglich mehrmals geprügelter Hund. Die beiden kennen mich fast schon zu gut."

Sie streichelte seinen Handrücken. „Ich schwöre, dass ich alles unternehmen werde, um so schnell es geht, für immer bei dir zu sein."

„Und ich verspreche, dass ich dich jeden Abend pünktlich 18:30 Uhr per Video anrufen werde, um dich wenigstens hören und sehen zu können."

„Warst du als Teenie auch so zartbesaitet?", überlegte Antonio laut.

„Könnte mich nicht erinnern", grinste Manuele.

„Ich war bis jetzt auch noch nie schockverliebt", gab Giovanni blinzelnd bekannt und orderte auf diesen Zustand die nächste Runde Schampus.

Gegen 22 Uhr zahlte Giovanni und die wirklich fröhliche Runde löste sich auf. Antonio versprach noch einmal, Lea in allem Rechtlichen zu unterstützen, und Manuele meinte schmunzelnd: „Dann werde ich eben Leibarzt! Basta!"

„Genau so wird es kommen", lachte Lea.

Am samtig schwarzen Himmel funkelten die Sterne, und der Halbmond reflektierte genug Licht, um den Weg gut zu erkennen. Giovanni war dankbar, dass Lea nicht zu denen gehörte, die versuchten, in Stilettos übers mittelalterliche Pflaster zu staksen. Soweit er es beurteilen konnte, hatten auch alle Schuhe, die sie mit auf die Reise genommen hatte, trittsichere profilierte Gummisohlen.

Als er nachfragte, bestätigte sie es. „Ich kann es schon wegen des Autofahrens nicht leiden, keinen festen Halt zu haben. Es gibt nichts Schlimmeres, als von sämtlichen Pedalen zu rutschen."

„Bei der so betonten Mehrzahl gehe ich ganz kühn davon aus, dass du Gangschalter fährst", hakte Giovanni ein.

„Richtig. Es ist eine Marotte von mir. Ich habe einfach keine Lust, mich an Automatikgetriebe zu gewöhnen", verriet Lea.

„Für deinen Straßenfloh finden wir auch noch ein schönes Plätzchen in der Garage", blinzelte er.

„Da wird er sich wie ein Auserwählter fühlen, er kennt nur den freien Himmel." Lea schlüpfte durch die geöffnete Haustür. Wie sie so vor ihm die Treppe hinaufstieg, hing sein Blick gleich wieder an ihrem Po und er fasste mit beiden Händen zu. „Du kannst es wohl kaum noch erwarten?", blinzelte sie.

„Kann man so sagen", gab er freimütig zu und dirigierte sie direkt zu seinem Schlafzimmer, dem ein äußerst luxuriöses Bad angeschlossen war. Unter der Dusche, deren seitliche Düsen Giovanni ausschließlich und so einstellte, dass die Haare trocken blieben, begannen sie ein sinnliches Vorspiele, das sie etwas später im Bett fortsetzten. Und das garantiert ohne Zuhörer.

Lea kostete jede Sekunde Zweisamkeit aus, als gäbe es kein Morgen mehr. „Ich muss Vorräte anlegen, für die Tage, wo ich von dir getrennt sein werde", seufzte sie, als er sie im Scherz für unersättlich erklärte. Dabei ging es ihm kein bisschen anders.

So fiel ihm auch jetzt erst auf, dass Romina stets die schnelle Nummer gewollt hatte, um ihn möglichst bald vom Hals zu haben. Und vor dem Streit, bei dem sie handgreiflich geworden war, hatte sie tagelang komplett geblockt, ohne die frauentypischen Probleme zu haben, deren Zyklus er sich ziemlich gut gemerkt hatte. Entweder war sie von irgendjemandem, wegen irgendwas auf ihn angesetzt worden oder sie hatte mehrere Pferde auf der Rennbahn gehabt und war möglicherweise von einem anderen schwanger.

Lea bekam von seinen unschönen Überlegungen nichts mit – sie war übergangslos in seinen Armen eingeschlafen.

„Träume etwas Wundervolles, mein liebster Schatz", flüsterte er, sie sorgsam zudeckend, ohne sie loszulassen. Als er sich bei Sonnenaufgang leicht bewegte, zuckte Lea so heftig zusammen, dass er gleich mit erschrak. „Was ist geschehen?", fragte er beunruhigt.

Lea schmiegte sich an seine Brust. „Ich habe etwas äußerst Unschönes geträumt."

„Erzähle es mir", bat er.

„Weiß nicht, ob das wirklich gut ist", wisperte Lea, sich noch fester ankuschelnd.

„Wenn es dich derart aufregt, ist es sicher besser, wenn du es dir schnell von der Seele reden kannst", stellte Giovanni besorgt fest. „Fang einfach an."

„Es war ziemlich verworren", versuchte Lea, sich zu erinnern. „Und es ging um diese Romina." Giovanni horchte auf. „Ich kann es zeitlich nicht ordnen ... ist auch egal ..." Lea zog die Augenbrauen zusammen. „Ich habe geträumt, sie bekäme ein Kind von einem anderen, das sie auf seine Forderung, dir unterzuschieben versuchte."

„Langsam glaube ich, dass dich der Himmel direkt zu meiner Rettung hergeschickt hat", staunte Giovanni und berichtete sehr genau, über seine nächtlichen Überlegungen. „Lass uns nach dem Frühstück mit Antonio sprechen. Bis dahin hat er dein Film- und Fotomaterial erhalten und sicher auch gesichtet."

„Haben wir noch ein paar Minuten, um wieder auf angenehme Gedanken zu kommen?", fragte Lea mit riesengroßen bittenden Augen.

„Die nehmen wir uns einfach!", blinzelte Giovanni genüsslich und schritt zur Tat.

Eine halbe Stunde später trafen sie sich frisch geduscht und bestens gelaunt in der Küche, um gemeinsam das Frühstück vorzubereiten. Giovanni hatte sogar schon die Daten an Antonio übertragen. „Mein Laptop hat dein Handy nicht leer gesaugt", schmunzelte er.

„Das sind auch Dinge, an die ich denken muss", stöhnte Lea. „Irgendwie muss ich meine Homepage ja mit umziehen lassen, damit ich meine alten Kunden nicht verliere."

„Wer ist dein Provider?"

„Die Telekom."

„Dann mach dir keine Sorgen. Ich werde mich kümmern, dass sie problemlos von A nach B geschoben wird. Für deine Kunden setzt du jetzt schon einen Hinweis, dass die Seite umzieht, mit it nach dem Punkt." Giovanni schenkte Lea Espresso ein. „Und wegen des Handys werden wir auch ganz schnell eine Lösung finden." Er schaute Lea fragend an, weil sie plötzlich etwas kopfhängerisch wirkte, obwohl gerade noch alles in Ordnung zu sein schien.

„Du müsstest mir nur noch sagen, was ich für Miete an monatlichen Kosten haben werde", sagte sie zögernd.

Giovanni setzte mit einem Ruck seine Tasse ab und schaute sie völlig entgeistert an. „Meinst du die Frage ernst?"

Lea nickte zaghaft.

„Ich möchte dich einfach nur bei mir haben. Da gibt es keine Mietkosten. Ich will, dass es dir bei mir gut geht, und dass du kreativ sein kannst, wie immer du es möchtest. Das war meine Entscheidung und es sind, wenn überhaupt, meine Kosten. Ich will dich auch damit nicht in irgendeine Art Abhängigkeit bringen. Ich will einfach nur für dich da sein." Er hob mit dem Finger ihr Kinn an, hauchte ihr einen Kuss auf die Lippen und fragte: „Verstanden?"

Lea nickte heftig, sich an seine Schulter kuschelnd.

„Ich muss heute bis Mittag straff arbeiten", erklärte Giovanni gleich danach. „Es lässt sich wirklich nicht verhindern. Hast du einen besonderen Wunsch?"

„Ich werde mich auf die Terrasse setzen und lesen", gab Lea bekannt und fügte leise hinzu: „Morgen muss ich ja schon abreisen."

„Ich bringe dich auf jeden Fall zum Zug und werde den ganzen Tag lauern, ob alles mit den

Anschlussverbindungen gut gegangen ist. Nimm zu Hause bitte ein Taxi."

„Versprochen!", erwiderte Lea.

„Noch etwas: Ich würde gern deine Muster hierbehalten, und gleich zum Verkauf auf dem Weingut anbieten", erklärte Giovanni.

„Ich lasse den kompletten Koffer da", legte Lea fest. „Wozu mitschleppen, wenn er in ein paar Tagen doch wieder hier ist."

„Jetzt reden wir mit Antonio über unsere Alpträume." Giovanni führte Lea in sein großes Büro im Erdgeschoss. „Von hier aus regiere ich mein Imperium."

„Beeindruckend!", gab sie gern zu. „Ich vermute, du wirst nicht nur zwei Firmen am Start haben."

„Das ist richtig", bestätigte Giovanni. „Aber bis jetzt sehe ich noch durch", fügte er lachend hinzu. „So, nun kontaktieren wir Antonio."

Der meldete sich auch im nächsten Augenblick und erschien auf dem großen Monitor an der Wand. „Oh, ihr sitzt im Allerheiligsten! Höchste Dringlichkeit?"

„Diese Einschätzung wollen wir dir überlassen. Wir haben nur unabhängig voneinander, aber genau zum selben Zeitpunkt, ähnlich unschöne Gedankengänge gehabt." Giovanni berichtete auf Italienisch, wie er es mit Lea abgesprochen hatte. So konnte er die Angaben etwas detaillierter machen.

„Nicht uninteressant", gab Antonio zu. „Ich werde beim Polizeipräsidenten auf den Busch klopfen, weil Signorina Romina sicher noch im Gewahrsam ist. Ich habe mir erlaubt, eine Filmsequenz als Beweismittel zu stellen, weil die Dame versucht hatte, das Blaue vom Himmel herunter zu lügen. Sie soll recht schnell verstummt sein, als man sie mit dem Video konfrontierte. Sie hat bei der Festnahme einem Beamten ein blaues Auge geschlagen. Sie dürfte also vorerst etwas länger festgehalten werden."

„Ich schäme mich, mit dieser ... dieser Person engere Kontakte gehabt zu haben", murmelte Giovanni mit finsterem Gesicht, nach Leas Hand fassend.

„Meinetwegen musst du dir keine Sorgen machen. Ich werde dich deswegen nicht geringschätzen. Du hast doch alles versucht, jeden weiteren Schaden zu begrenzen. Ich trete ganz bestimmt nicht zu, wenn du seelisch am Boden liegst."

Giovanni nahm sie fest in die Arme. Er konnte es sich ebenfalls nicht vorstellen, von ihr verraten zu werden. „Ich brauche dich", flüsterte er. Telefonklingeln schreckte beide auf. „Ohhh jeee, der Job ruft", seufzte Giovanni.

„Den solltest du wegen mir auch nicht vernachlässigen", riet Lea. „Du findest mich auf der Terrasse!" Sie hauchte ihm einen Kuss auf die Lippen und verschwand, um ihn nicht noch in Gewissenskonflikte zu stürzen. Eine Limonade nahm sie aus dem kleinen Kühlschrank in ihrem Apartment, Schokolade steckte in der Tasche und das passende Buch fand sie sicher auf ihrem Tablet. Sie zog kurze Hosen an, ein Sonnentop und rückte sich den Liegesessel in den Halbschatten. Die geröteten Hautpartien schmerzten nicht mehr, das Jucken hielt sich in Grenzen, denn die lose Haut hatte sich schon fast vollständig abgelöst.

Pünktlich zehn Uhr erschien Giovanni mit einem Tablett, auf dem zwei Espressi dampften und etwas Gebäck lag. „Pause!", rief er fröhlich blinzelnd, einen kleinen Tisch und einen Stuhl heranziehend.

„Das ist lieb von dir!", freute sich Lea. „Ich habe vorhin in der Wetterapp gesehen, dass heute der letzte schöne Tag ist, bevor es eine Woche lang sehr trübe sein soll."

„Das Wetter passt sich meinem Gemütszustand an", gab Giovanni bekannt. „Ich möchte heute noch gar nicht wissen, wie leidend ich morgen durch das Haus tigern werde. Da weint der Himmel womöglich mit mir um die Wette."

Lea lächelte. „Wenn ich es nicht selbst erleben würde, hielte ich es für ein Märchen, dass ein knallharter Geschäftsmann so romantisch sein kann."

Giovanni schmunzelte. „Das ist doch genau der richtige Ausgleich, um Kraft zu schöpfen. Andere spielen wöchentlich Golf. Ich höchstens ein bis zwei Mal auf dem Golfstrom Käpt'n auf der Segelyacht. Und die chartere ich, weil ich es sinnlos finde, mir wegen der paar Tage eine zu kaufen."

Lea begann herzhaft zu lachen. „So gesehen, bin ich auch golfbegeistert. Ich fahre ja einen."

Das Mittagessen ließ Giovanni wieder bringen. Lea nahm es entgegen und deckte auch gleich den Tisch. Inzwischen wusste sie, wo sie alles Nötige finden konnte.

„Oh, schon fertig!", staunte Giovanni, der nicht mal vier Minuten später aus dem Büro kam. „Du verwöhnst mich."

„Das ist das Mindeste, wenn ich ein Anrecht haben möchte, mit dir zu leben", sagte Lea mit Nachdruck. So brachte sie ihm am Nachmittag auch einen doppelten Espresso und etwas Gebäck ins Büro.

Dafür revanchierte er sich am Abend mit einem romantischen Diner bei Kerzenschein in der Kuschelecke seines kleinen Salons. „Ich kann es einfach nicht fassen, dass es unser Abschiedsessen ist", seufzte er traurig.

„Nur für kurze Zeit, Schatz", schränkte Lea ein. „Das Wiedersehen wird umso schöner werden. Ich freue mich schon heute darauf."

Giovanni schien wirklich Verlustängste zu haben, er hielt Lea fest im Arm und lief später im Bett zu einer Form auf, die ihn selbst überraschte. Dabei hämmerte es immer in seinen Gedanken: *Erdrücke sie nicht mit Liebe, lasse ihr Luft zum Atmen und erwecke bloß nicht den Anschein, sie in Ketten legen zu wollen. Sonst fährt sie weg und kommt niemals wieder.*

Lea hatte ihm schon einen Tag vorher ihren Musterkoffer mitsamt Öffnungscodes übergeben, der kleine Rollkoffer stand gepackt neben der Tür. Sie musste nur noch ihre Kulturtasche auf dem Schiebegriff festklippen. Sie hatten sich abgesprochen im Bahnhofsbistro zu frühstücken, damit wegen der frühen Stunde mit der Abfahrt auch ja alles in Ordnung ging.

Giovanni war am Morgen ungewöhnlich blass und Lea wusste auf einem Blick, dass er erst glauben werde, sie komme wieder, wenn er in ihrem Auto säße, um sie sicher nach Italien zu bringen.

Als schließlich der Zug einfuhr, schimmerten Giovannis Augen verräterisch feucht, als er ihr den Abschiedskuss gab. „Komm gut nach Hause, mein Liebling", flüsterte er.

„Bis bald, mein Schatz", wisperte sie zurück, ihn noch einmal ganz fest an sich drückend. Sie nahm den Koffer und begann, ihren Platz zu suchen. Der Zug fuhr langsam los und Giovanni konnte sehen, dass sie von der anderen Seite des Abteils zum Abschied winkte. Er blieb stehen, bis der Zug endgültig in der Ferne verschwunden war, um mit gesenktem Kopf zum Auto zu schlurfen. Ein Teil seines Herzens reiste gerade mit Richtung Deutschland.

Sein Handy meldete eine SMS. Es war Leas Nummer. *Bis bald! Ich liebe dich!*

Ich liebe dich auch, schrieb er zurück und startete den Motor. Auf seinem Schreibtisch lag eine Kopie von Leas detaillierten Zugverbindungen und er wartete jedes Mal sehnsüchtig auf die kurze Meldung, dass sie im Anschlusszug sitze. Als sie schließlich Österreich durchquert hatte, wurde er etwas ruhiger. Zumindest war sie erst einmal im eigenen Land.

In den nächsten Tagen berichtete Lea jeden Abend, was sie alles in die Wege geleitet hatte und dass sie eifrig am Packen sei. Die Bilder der ersten Kistenstapel stimmten Giovanni froh. Am Wochenende, wo sie packte und diverse Dinge, die sie nicht mitnehmen wollte, verkaufte, lief er wie ein eingesperrtes wildes Tier durch das Haus. Er knurrte sogar sein Spiegelbild an, worüber schließlich lachen musste.

Sehnsucht

Am Dienstag hielt er es nicht mehr aus und traf blitzschnelle Entscheidungen, in deren Folge er am nächsten Morgen mit seinem Handgepäck aus einem Flugzeug stieg, sich kurz orientierte, und zielgerichtet die Ankunftshalle verließ. Vor der entdeckte er den Leihwagen, den er, wie den Flug, am Vorabend von zu Hause aus gebucht hatte. Der Mitarbeiter der Firma wartete im Wagen, ging mit Giovanni eine Runde um das Fahrzeug und händigte ihm die Papiere aus.

„Ich gebe es, wie vereinbart, am Montag genau hier wieder ab", erklärte er. Den kleinen Koffer legte er vor den Beifahrersitz, programmierte das Navi und nahm die rund 200 Kilometer zu Leas Wohnort in Angriff. Mit einem zufriedenen Lächeln stellte er fest, dass er streckenweise ordentlich Gas geben durfte, und nutzte das natürlich auch aus. „Gar nicht mal so übel", staunte er, wie schnell er vorankam.

Lea hatte keine Ahnung, dass ihr Ritter auf galoppierendem Ross nahte. Sie kniete im Schlabberlook, das Haar zu zwei Zöpfen geflochten, auf dem Fußboden und packte Kisten. Als der satte Klang einer Nobelkarosse zu ihr in den dritten Stock hinauf schallte, seufzte sie tief. Was würde sie darum geben, Giovanni schnell wiederzusehen, dessen Maserati im gleichen Sound röhrte.

Lea zog die Nase hoch. Noch drei Wochen! Und ein Haufen Ärger mit der Hausverwaltung, die auf das halbe Jahr Miete für die Geschäftsräume pochte. Wenigstens war der Wohnungseigentümer bereit gewesen, sie vorzeitig aus dem Vertrag zu lassen. Er hatte sogar schon einen Nachmieter für ihre hübsche, sonnige Dreiraumwohnung, der das Malern auf seine Kosten erledigen wollte. Dieser hatte schon den Mietvertrag unterschrieben und ihr sogar angeboten, Küchen- und Schlafzimmermöbel zu übernehmen. Sie hatte die Offerte dankend angenommen. Damit waren wenigstens die Malerkosten abgegolten.

Lea schaute sich um und beschloss, noch zwei leere Kartons aus dem Keller zu holen und den Plastikabfall gleich mit hinunter zu nehmen. Mit Schlüssel und Müllbeutel in der Hand eilte sie aus dem Haus und blieb, wie vor eine Wand gelaufen, stehen. Der Mann, der soeben mit suchendem Blick die Straße überquerte, sah Giovanni im Seitenprofil täuschend ähnlich. Da drehte er sich um und Lea fasste sich ans Herz. Der Fremde sah nicht nur so aus, das war Giovanni! Ihren Freudenschrei konnte man sicher im ganzen Viertel hören. Sie warf im Vorbeieilen den Müll in den offenen Container und hing im Bruchteil einer Sekunde an Giovannis Hals.

Er schwenkte sie überglücklich im Kreis und flüsterte. „Ich konnte nicht mehr warten, du hast mir so sehr gefehlt!"

Natürlich hing auch das halbe Viertel am Fenster, wie beide mit lustigem Grinsen feststellten. Giovanni holte rasch den kleinen Koffer aus dem Auto und steuerte, Lea im Arm, die Haustür an.

„Bist du die ganze Strecke gefahren?", fragte sie.

„Geflogen. Ich habe in Dresden den Leihwagen übernommen und war erstaunt, wie schnell ich auf der Autobahn fahren durfte", verriet er.

„Und dann triffst du mich im Räuberlook an", kicherte Lea. „Ich wollte gerade in den Keller gehen und noch leere Kisten zum Packen holen."

„Ich warte so lange", blinzelte Giovanni, sie scherzhaft an einem Zopf zupfend.

Lea nickte und hastete los.

„Mach langsam!", rief er schmunzelnd hinterher. Er nahm Lea eine Kiste ab, als sie die Treppe hinaufstiegen. „Eine hübsche kleine Wohnung", stellte er sofort fest, obwohl sich überall Kisten türmten.

„Das Einzige, was mir wirklich fehlen wird, sind meine vielen Pflanzen", erwiderte Lea, sich die Hände waschend.

„Die nimmst du mit!", rief Giovanni. „Dass ich keine in der Wohnung habe, ist der Tatsache geschuldet, dass ich sie entweder ertränke, oder aber vertrocknen lasse. Die einzige Pflanzenart, von der ich die Bedürfnisse jeder Zelle verstehen kann, sind Weinreben."

Lea lachte herzlich. „Gut, dann besorge ich noch ein paar hohe Kartons, Styropor zum Auspolstern und Plastikfolie zum Einstretchen." Sie schrieb einen Spickzettel und setzte eine große Kanne Kaffee an.

Giovanni sah die Mietverträge auf ihrem Schreibtisch liegen und die rot markierten Notizen auf einer Mail. Der deutschen Sprache nicht mächtig, beschloss er, Lea zu fragen, ob wirklich alles in Ordnung gehe, mit dem Umzug.

Sie schüttelte traurig den Kopf. „Der Zeitrahmen steht und bleibt auch so. Die lassen mich nur nicht vorzeitig aus dem Vertrag und ich muss volle sechs Monate Miete weiterzahlen."

Zwischen Giovannis Augenbrauen bildete sich eine steile Falte. Lea hatte ihm in Siena erzählt, dass sie in manchen Monaten kaum genug zum Leben hatte, und deswegen neue Märkte suchte. Das war ja auch der Grund gewesen, weshalb sie überhaupt nach Siena gefahren war.

„Sie haben ab 13 Uhr Bürozeit. Wir fahren hin! Und danach gehen wir irgendwo essen."

„Super! Vielleicht lenken sie ja ein, wenn du dabei bist." Sie wirkte gleich um vieles erleichtert. Sie zog sich auch sofort um, wobei sie sich ihm optisch anpasste. Ein kurzes Überlegen, dann steckte sie das lange Haar hoch, um die geschäftliche Note extra zu betonen. Giovanni trug ihre Aktentasche. Natürlich spähten sämtliche Nachbarn aus den Fenstern, als er ihr galant die Autotür öffnete und die Tasche reichte. So entging ihm nicht, dass ihre Hände leicht zitterten.

„Du bist sehr aufgeregt", stellte er nüchtern fest, seine Hand auf ihren Oberschenkel legend.

„Das ist wahr. Es geht für mich ja auch um richtig viel Geld", seufzte Lea, sich durch die kleine Geste deutlich beruhigend. „Bei uns heißt es: Dafür muss eine alte Frau lange stricken."

Giovanni schmunzelte. „Guter Spruch. Den sollte ich mir merken." Er ließ sich von Lea zum Ziel leiten, die einige Schleichwege kannte, um leidige Baustellen bestmöglich zu umfahren. Er parkte den Wagen. „Bereit?"

„Wie man es nimmt", murmelte sie, sich aus dem Sitz helfen lassend.

Auf das sofortige „Herein!", an der richtigen Bürotür, ging Lea voran, Giovanni folgte mit ihrer Aktentasche.

„Frau Minnich?! Ich dachte, wir hätten alles geklärt?"

Lea ließ sich nicht beirren. „Herr Doktor Giovanni Conti, mein italienischer Geschäftspartner, möchte es gern mit eigenen Ohren hören, dass keine anderen Möglichkeiten bestehen. Da er nicht deutsch spricht, möchte ich bitten, die Unterhaltung auf Englisch zu führen." Lea übersetzte für Giovanni die kurze Ansprache.

Der Bearbeiter musterte Giovanni, und besonders dessen lange Narbe auf der Stirn, mit sichtlich gemischten Gefühlen. Dass die Rolex am Handgelenk kein Imitat war, konnte er genau so deutlich erkennen, wie auch, dass der Maserati vor der Tür war echt. Wahrscheinlich bemerkte er in der Aufregung nicht einmal, dass es sich um einen Leihwagen handelte.

In genau diesem Moment übernahm Giovanni die Gesprächsführung und ließ sich im Detail darlegen, was für Beträge zu welchem Datum fällig werden würden. „Das Geschäft ist in guter Lage. Sie wollen mir doch nicht ernsthaft erzählen, dass Sie mühsam nach Interessenten suchen müssten?", fragte er mit deutlich spöttischem Unterton.

„Ähm ... ja ... äh ... na ja ... wir werden schon einen Monat brauchen, um den potenziellen Nachmieter zu bestimmen", stotterte der Bearbeiter.

„Ich lasse ihnen acht Wochen", legte Giovanni fest. „Die Mietzahlungen für die betreffenden beiden Monate gehen auf dieses Konto?" Er zeigte mit dem Finger auf den Rand des Kopfbogens vom Schreiben, das Lea erhalten hatte.

„Exakt", bestätigte der Bearbeiter.

Giovanni gab unbeeindruckt die Daten ins Handy ein, ließ sich von Lea den Monatsbetrag nennen und sagte. „Das Geld sollte in den nächsten Augenblicken auf dem Konto zu sehen sein. Fertigen Sie die Papiere sofort aus."

Zwanzig Minuten später verließen sie das Büro. Die Buchhaltung hatte auf das dringende Ersuchen des Bearbeiters auf der Stelle den Zahlungseingang gecheckt und Lea ihre endgültigen Papiere erhalten.

„Wenn es Fragen gibt, wenden Sie sich direkt an mich!", hatte Giovanni gefordert und eine Visitenkarte hinterlassen. „Die werden sich hüten, auch nur irgendwas zu fragen", lachte er, als sie ins Auto stiegen. „Der gute Mann schaut eindeutig zu viele Krimis. Bei dem scheint jeder italienische Geschäftsmann ein potenzieller Mafioso zu sein."

„Oh, danke, dass du das so brillant geregelt hast!", freute sich Lea. „Mit zwei Zusatzmieten kann ich entspannter rechnen."

„Du kannst mit null rechnen. Oder dachtest du wirklich, dass ich das Geld von dir wiederhaben will?", erklärte Giovanni. „Du machst dir kein Bild, was mich Romina monatlich gekostet hat! Und dabei hat sie bei mir zu Hause nicht mal bei der Espressomaschine Hand angelegt. Geschweige denn hätte sie nach einem Grillabend mit aufgeräumt."

Lea musste wohl so ungläubig geschaut haben, dass er verriet: „Wäre bei ihr der wundervolle Citrin Schmuck, den du so liebst, nicht mindestens aus Weißgold gewesen, hätte sie halb Siena zusammen geschrien, ich würde sie herabwürdigen."

Lea schüttelte völlig entsetzt den Kopf. „Hat Antonio schon etwas über sie herausgefunden?"

„Oh ja. Mehr als mir lieb ist", brummte Giovanni. „Ich ..."

„Moment, du musst jetzt in die nächste Toreinfahrt links! Das ist ein urgemütliches, urdeutsches Restaurant in Familienbetrieb. Du wirst es mögen", rief Lea.

„Eine alte Mühle!", staunte Giovanni, neben dem Parkplatz das große Wasserrad erspähend. „Das ist ja fast schon ein Museum!" An den Wänden hingen dicht an dicht die alten Werkzeuge der Müller, aber auch Dreschflegel, Scheffel und Kränze aus verschiedenen Getreidesorten. Sogar der Schankraum wartete mit Regalen auf, auf denen uralte Gefäße standen. Mehrere Künstler hatte die Mühle im Lauf der Jahrhunderte gemalt und gezeichnet und die Originalbilder schmückten die freien Flächen zwischen den winzigen Fenstern. Das urige Mobiliar schien ebenfalls schon jahrhundertealt zu sein.

Der Wirt hatte die Nobelkarosse sofort erspäht und schaute dem aussteigenden Pärchen neugierig entgegen. Als er Lea erkannte, wurden seine Augen groß wie Mühlsteine. „Frau Minnich, schön, Sie und Ihren Begleiter begrüßen zu dürfen!"

„Herzlichen Dank! Haben wir noch eine Chance auf Mittagessen?"

„Aber natürlich!"

„Seien Sie so gut, uns eine Karte auf Englisch zu bringen. Doktor Conti, mein italienischer Geschäfts- und Lebenspartner spricht kein Deutsch", erklärte Lea.

„Oh!" Der Wirt musterte Giovanni interessiert, ehe er davoneilte.

Lea gab die kleine Unterhaltung für Giovanni wieder, der zärtlich ihre Hand streichelte. Der Wirt stellte sich natürlich sofort auf die Situation ein und sprach nun beide englisch an.

Giovanni bestellte ein alkoholfreies Bier, Lea Saft und dann schauten sie in die Karte. Lea wählte Rinderroulade mit Rotkohl und Salzkartoffeln.

„Ich nehme das Gleiche", legte Giovanni fest. „Morgen möchte ich Schnitzel."

„Wie lange kannst du bleiben?", fragte Lea hocherfreut.

„Noch vier Tage. Am Dienstag muss ich drei Uhr morgens zum Flughafen fahren", verkündete Giovanni.

„In welchem Hotel checkst du ein?", fragte Lea weiter.

„Bei dir, falls du nichts dagegen hast", blinzelte er.

Lea schmiegte sich glücklich an seine Schulter. „Das ist, wie alle Feiertage auf einmal! Heute

Abend machen wir uns eine Flasche Champagner auf!"

Giovanni schaute fragend.

„Die habe ich von einem hervorragenden Weingut aus der Toskana, auf das man sich verlassen kann", blinzelte sie und fügte hinzu: „Die Kiste war taggenau da."

„Ich hätte meine Leute auch auf Hosentaschenmaß zusammengefaltet, wäre ausgerechnet diese Terminlieferung schief gegangen", verriet Giovanni. „Die zweite Kiste steht bei mir im privaten Weinkeller und wartet auf dich."

„Ich zähle schon die Stunden!", seufzte Lea. „Aber nun sehe ich allem viel ruhiger entgegen."

„Ich auch. Du liegst gut im Rennen beim Einpacken, hast jetzt keine Sorgen mehr wegen der der Verträge, und ich weiß, dass du dich wirklich auf Siena freust", sagte Giovanni mit tiefer Zufriedenheit. Und beim Essen stellte er fest, dass er auch hier Leas Vorlieben durchaus teilte.

„Das heißt, dass ich in Siena hin und wieder deutsch kochen darf?", fragte Lea.

„Gern, mein Schatz", bestätigte Giovanni. „Ich freue mich darauf, an den Wochenenden mit dir gemeinsam in der Küche zu werkeln."

„Wir kommen morgen wieder Mittagessen", sagte Giovanni zur größten Freude des Wirtes, als er beim Nachhausegehen bezahlte und verriet: „Ich muss das Schnitzel kosten."

„Dann sind wir aber 12 Uhr da und nicht erst halb am Nachmittag", versprach Lea. Im Auto bat sie: „Halten wir noch kurz am Supermarkt. Ich bin komplett auf Umzugsmodus geschaltet. Wenn die Mäuse meinen Kühlschrank von innen gesehen haben, schwenken sie die weiße Fahne."

Giovanni lachte herzlich und ließ sich von ihr die Strecke ansagen. Sie kauften gleich für die vier Tage ein. Auf dem Heimweg klingelte Giovanni Handy. „Das können nur Manuele oder Antonio sein. Geh du bitte ran."

„Okay." Lea nahm das Gespräch an. „Hi, hier ist Lea."

„Lea?!", staunte eindeutig Antonios Stimme. „Sind Sie wieder in Siena?"

„Nein, Giovanni ist bei mir in Deutschland. Er ruft Sie sofort zurück, wenn wir zu Hause sind. Wegen der paar Meter hat er sein Handy nicht erst mit der Freisprecheinrichtung des Leihwagens verbunden. Wir biegen gerade in meine Straße ein, es wird also nur wenige Minuten dauern, bis er sich meldet."

„Hoffentlich hat er gute Nachrichten", murmelte Giovanni beunruhigt. „Wenn er um diese Zeit anruft, ist es ausschließlich dienstlich."

„Ziemlich viel Aufregung für deinen ersten Tag bei mir", stellte Lea kopfschüttelnd fest. „Aber nicht ganz so dramatisch, wie mein erster Tag in Siena."

„Noch nicht", seufzte Giovanni, die schweren Einkaufsbeutel ins Haus tragend.

„Ich packe aus und du rufst jetzt sofort an, damit dich die Ungewissheit nicht noch länger quält", legte Lea fest. „Geh ins Schlafzimmer, da sind links und rechts meine Räume daneben, da kann kein Fremder mithören."

Giovanni folgte dem Rat, setzte sich auf die Bettkante und drückte den Rückrufbutton.

„Mit allem habe ich gerechnet, aber nicht damit, dass du in Deutschland steckst", erklärte Antonio lachend. „Deine Bandansage, wegen Abwesenheit, hätte ich eher auf einen Beruhigungstrip ans Meer bezogen."

„Ich bin heute Morgen hier angekommen, habe aber schon mehr erlebt, als sonst in einer ganzen Woche. Lea hat es sogar mit ihrem ersten Tag in Siena verglichen. Ich habe sie zum Vermieter begleitet. Sie ist offiziell in acht Wochen raus aus dem Vertrag. Die Schlüssel hat sie schon heute abgegeben. Kontakt ausschließlich über mich. Du hättest die Gesichter sehen sollen!"

„Sehr gut! Wie weit ist sie beim Packen?", fragte Antonio.

„Bis auf das Nötigste zum Leben ist schon fast alles in Kisten und Säcken. Ich denke noch ein Tag ganz in Ruhe, dann ist wirklich nur der Bedarf für eine Nacht und die lange Fahrt zu verstauen."

„Ist sie jetzt bei dir?"

„Nebenan. Ich kann sie rufen", erklärte Giovanni.

„Tu das!", bat Antonio.

Lea kam sofort und Giovanni stellte auf Mithören.

„Ich habe den Plan einer deutschen Spedition bekommen, wegen des Umzugs. Diesen Samstag könnte sie als frühesten Termin laden", ließ Antonio die Katze aus dem Sack. „Der nächste machbare Transport wäre nämlich erst in sechs Wochen."

„Samstag?" Giovanni schaute Lea bittend an.

„Wir nehmen den ersten Termin!", legte sie lächelnd fest.

„Oh, mein Gott! Ich könnte die ganze Welt umarmen!", strahlte Giovanni. „Ich war felsenfest überzeugt, du hättest völlig andere Nachrichten."

„Da fehlen mir noch ein paar Beweise, um klare Aussagen machen zu können. Fakt ist, dass in dem Haus, wo Lea Rominas Auto im Hinterhof entdeckt hat, ein illegales, aber ziemlich großes Bordell betrieben wird. Und Romina ist eine der fleißigsten Dirnen. Nicht immer vor Ort, aber im Auftrag ihres Zuhälters auf sämtlichen gehobenen Partys in Siena und dem Umland. Es gibt wohl keinen alleinstehenden Geschäftsmann, der ihr noch nicht Schweigegeld gezahlt hätte, weil sie es publik machen wollte, wenn er den Kontakt nicht mehr wünschte."

„Von mir hat sie keins verlangt", erklärte Giovanni nachdenklich.

„Da liegt der Fall auch anders. Bei dir hängt keine Familie dran, die du kompromittieren könntest. Bei dir haben sie offenbar versucht, an das Weingut zu kommen. Sie haben gehofft, du würdest irgendwann handgreiflich werden, wenn sie dich ständig bis aufs Blut reizt. Es war sogar im Plan, dich soweit zu bringen, dass man es als Vergewaltigung auslegen könnte. Damit, dass du friedlicher als ein Osterlamm bist, haben sie nicht gerechnet. Der letzte Plan war dann die Schwangerschaft, um über Alimente von dir Geld erpressen zu können oder eben deine Weingüter. Nur hattest du mit Sicherheit zu dem Zeitpunkt keinen Sex mehr mit ihr. Also habe ich weiter recherchiert. In diesem Hinterhof-etablissement stehen offenbar einige ganz Perverse auf Sex mit Schwangeren. Es kommt immer mal wieder vor, dass der Zuhälter deshalb eins von seinen Pferdchen schwängert, um zehnfach kassieren zu können. Diesmal war sie dran. Wohl auch zur Strafe, weil sie dich nicht in seinem Sinn an den Haken bekommen hat.“

„Ich glaube, mir wird übel“, sagten Lea und Giovanni völlig synchron.

„Das wiederum glaube ich euch unbesehen“, erwiderte Antonio. „Es gibt also im Augenblick nichts, was deine direkte Anwesenheit erfordert und wenn ihr nächste Woche sowieso in Siena seid, können wir uns ganz in Ruhe über alles unterhalten. Bis dahin macht es gut. Ich schicke euch Samstag den LKW.“

Giovanni nahm Lea ganz fest in den Arm. „Ich weiß nicht, was ich ohne dich machen würde", flüsterte er. „Du gibst mir die Kraft, diese ganzen Widerwärtigkeiten zu überstehen. Ich muss jetzt rasch versuchen, meinen Flug zu stornieren und den Leihwagen irgendwo hier in der Nähe zurückzugeben."

„Am besten sofort, denn wir können mit meinem Auto fahren", schlug Lea vor. „Nimm meinen Laptop, da sucht es sich besser als am Handy."

Den Flug konnte Giovanni ganz einfach stornieren. Mit dem Leihwagen war es etwas schwieriger. Aber schließlich einigte man sich. Die Rückgabe konnte am nächsten Tag erfolgen.

„Vignetten!", rief Lea plötzlich. „Wir fahren morgen gleich zum ADAC!"

„Was müssen wir noch beachten?", fragte Giovanni.

„Ich habe eine Checkliste." Lea gab sie ihm in die Hand.

„Strom, Wasser, Heizungen werden wir fotografieren", nickte er ab. „Du hast ja schon Kündigungen geschrieben und musst nur noch die Daten nachmelden. Telekommunikation, hm."

Lea schaute auf die Uhr. „Die haben noch eine Stunde geöffnet."

„Nichts wie hin!", rief Giovanni.

Lea schnappte ihren kompletten Ordner und die Abmeldungen von Wohn- und Geschäftsräumen. Sie fuhren auch gleich mit ihrem Auto, das im Hof parkte.

„Oh je, oh je, die deutsche Bürokratie!", stöhnte Giovanni am Ende. „Da kann man ja nur verzweifeln! Alle anderen Ummeldungen, lassen wir Antonio machen! Der wird dich auch bei uns zu sämtlichen Behörden begleiten, damit alles in geordneten Bahnen läuft."

Sie aßen auch gleich in der Stadt zu Abend, weil es sich gerade perfekt anbot. So konnten sie zu Hause sofort zum gemütlichen Teil mit Champagner und ein wenig Knabberkram übergehen.

„Ohne deine Anwesenheit hätte ich den Samstag zwar ebenfalls ohne Zögern angenommen, wäre aber jetzt schon völlig fertig vor Stress und sicher kurz vor einem Nervenzusammenbruch", gab Lea bekannt. „Ich habe übrigens noch eine kleine schlechte Nachricht: Mein Auto ist nur versichert, wenn ich es fahre."

Giovanni zuckte mit den Schultern. „Wir werden ganz einfach zwei Mal übernachten. Der Lastwagenfahrer muss es noch öfter tun. Ich glaube, er wird nicht vor Dienstag bei uns eintreffen. Antonio hat ihm fünf Tage Zeit gelassen."

„Ich werde mich morgen um drei Helfer beim Tragen kümmern", versprach Lea. „Ach was! Ich gehe jetzt noch schnell zu den Nachbarn, damit am Samstag alles klappt!" Sie sprang auf und eilte die Treppe hinunter. Nach zehn Minuten war sie wieder da. „Wir werden fünf Helfer haben!"

„Sehr gut!", freute sich Giovanni. „Jetzt wird es aber Zeit, dass du ein wenig zur Ruhe kommst. Wir ziehen uns was Bequemes an und lassen den Champagner sprudeln."

„Oha! Sektgläser! Ich glaube, ich weiß, in welche Kiste ich die gepackt habe", Lea war mit einem Satz im Flur. Giovanni schaute amüsiert kopfschüttelnd hinterher. Es waren wirklich nur wenige Handgriffe, zwei Gläser aus dem Karton zu nehmen. Der war nämlich noch nicht einmal zugeklebt worden. „Jetzt wird es ruhiger. Versprochen!"

Giovanni öffnete die Flasche und schenkte ein, Lea stellte Knabberkram bereit, legte eine CD Kuschelmusik in den Player und schmiegte sich auf dem Sofa an Giovannis Schulter.

„So fühlt sich Glück an", gab sie lächelnd bekannt.

„Oh ja! Genau so!" Giovanni hob das Glas auf das wohlige Gefühl, das auch ihn durchströmte.

Weiterpacken war erst für den Nachmittag des kommenden Tages im Plan. Morgens wollte man alle wichtigen Dinge in der Stadt erledigen, in der Mühle Mittagessen und danach gemeinsam die letzten Kisten füllen. Für die Zimmerpflanzen holten sie vier der besonders festen Bananenkisten aus dem Supermarkt. Vier riesige alte durchsichtige Kunststofffolien bekamen sie auf Nachfrage als Zugabe. Freitagabend wollte Lea ihre Pflanzen bruchsicher und luftdicht verpacken und hoffte, dass alle den Transport überständen.

„Ich könnte mich glatt daran gewöhnen, herumgefahren zu werden", neckte Giovanni.

„Achtung! Ich habe ein Faible für schnelle Autos!", warnte Lea blinzelnd. „Du solltest deine Garage gut unter Verschluss halten."

„Jesus, Maria, und das, wo du den Geheimweg kennst!", rief Giovanni mit lustig verdrehten Augen.

Er freute sich auf die täglichen witzigen Wortgefechte, die er bisher bestenfalls mit seinen Freunden führen konnte. Auf das Einschlafen Seite an Seite und darauf, morgens als erstes Lea zu sehen.

Als am sehr zeitigen Samstagmorgen das letzte Schlafzubehör verpackt war, schaute Lea nachdenklich das Bett an.

„Mach dir keine Sorgen", sagte Giovanni, „ich habe für eine Übernachtung ein Hotelzimmer ganz in der Nähe gebucht. Du wirst am Sonntag gut ausgeschlafen und entspannt fahren."

„Danke, Schatz! Ich glaube, du kannst Gedanken lesen!", freute sich Lea. Sie stellten ihre Koffer ins Schlafzimmer und schlossen ab, damit weder die noch die Möbel versehentlich mit aufgeladen wurden.

Die Helfer waren pünktlich, der Trucker verstand sein Handwerk und er sicherte die Kisten perfekt gegen das Verrutschen. Die gute Beschriftung half ihm dabei, leicht zerbrechliche Dinge obenauf zu stapeln. Als er die Plane schloss, bekam er, genau wie die fünf Helfer, ein großzügiges Trinkgeld von 100 Euro von Giovanni in die Hand gedrückt, mit Dank, der wirklich von Herzen kam. Sie fotografierten sämtliche Zählerstände, zogen sich um, packten Koffer und Lebensmittel in den Golf, dann fuhren sie zuerst beim Nachmieter vorbei, um ihm die Schlüssel zu bringen. Eines der originalen Übergabeprotokolle mit allen Unterschriften steckten sie dem Vermieter in den Briefkasten und fuhren geradenwegs zum Hotel. Mittagessen gab es nicht mehr, Abendbrot noch lange nicht und so schlenderten sie zu einer Pizzeria, wo es immer etwas Warmes gab.

Giovanni grinste vergnügt. „Hin und wieder muss man auch italienisch essen." Er machte sich den Spaß, auf Italienisch zu bestellen und der Inhaber, ein Landsmann aus Palermo, fiel fast aus allen Wolken, in voller Geschwindigkeit in der Muttersprache angesprochen zu werden. Als er ihnen einen guten Wein empfehlen sollte, und eine Flasche seines besten Tropfens brachte, begann Lea zu kichern.

„Das ist wirklich mein bester Wein", beteuerte der Inhaber irritiert.

„Das glaube ich Ihnen gern!", rief Lea und Giovanni fügte lächelnd hinzu: „Das ehrt mich sehr, denn dieser Wein stammt von meinem eigenen Weingut in der Toskana und ist der Lieblingswein meiner Partnerin."

„Fantastico! Habe ich eine Chance, direkt zu bestellen? Bisher habe ich ihn vom Großhändler bezogen", rief der Pizzabäcker.

„Aber sicher doch!", versprach Giovanni. „Wir reden nach dem Essen gleich übers Geschäft."

Am Ende waren alle überaus zufrieden. Die Pizza hatte super lecker geschmeckt, die Männer waren sich rasch handelseinig geworden und Lea freute sich, dass Giovanni ganz nebenbei einen neuen Kunden gewonnen hatte. Denn der interessierte sich auch für die seltenen Jahrgänge, die man nur direkt beziehen konnte.

„Schatz, du bringst mir Glück", stellte Giovanni zum wiederholten Mal fest, als sie nach kurzem Verdauungsspaziergang wieder beim Hotel eintrafen.

Bis zum Abend relaxten sie, einfach nur aneinandergeschmiegt, auf dem Bett. Nach dem Abendbrot zahlte Giovanni auch gleich für das Zimmer, denn Lea wollte bereits um vier Uhr losfahren. Er könne bis zum Brennerpass im Auto weiterschlafen, gab sie bekannt.

Nach kurzem, sehr erfüllenden Kuschelsex schliefen sie rasch ein. Beide Handywecker waren auf 3:30 Uhr gestellt.

Auf den Straßen nach Süden

Lea hatte am Abend zwei mittelgroße Thermosflaschen mit Kaffee aus dem Automaten gefüllt und auch belegte Brötchen vom Bäcker im Barfach des Zimmers deponiert. Giovanni staunte, wie unkompliziert sie alles anging. Sie aßen ausreichend, tranken Kaffee und verschlossen die erste Flasche sofort wieder, um unterwegs noch etwas zu haben, ohne einen Parkplatz anfahren zu müssen.

Giovanni hatte es gar nicht glauben wollen, als Lea sagte, sie werde erst hinter München einen Stopp einlegen. Nun merkte er, dass sie eisern durchzog, um die Stadt zu passieren, bevor dort der Verkehr zäh zu werden begann.

„Welche Route fahren wir?", fragte er, hinter München die Schilder studierend.

„Über Seefeld", verriet Lea. „Auf der Strecke Kufstein haben sie einen Unfall gemeldet, ich habe keine Lust im Stau zu stehen. Du wirst den wundervollen Blick über das Inntal ganz sicher genießen, wenn wir die Serpentinen runter fahren. Und hier machen wir eine kurze Pause, denn langsam will der Kaffee wieder raus."

Giovanni lachte herzlich. Er liebte ihre unbekümmerte Art sehr, zumal sie punktgenau auf geschäftlich umschalten konnte. „Ich werde auch ganz bestimmt nicht mehr über Mittelklassewagen lästern", schwor er. „So übel ist der

123

Kleine gar nicht. Da steckt ordentlich Power unter der Haube."

„Und über Frauen am Steuer hoffentlich auch nicht", blinzelte Lea.

Giovanni winkte ab. „Das habe ich noch nie getan. Wenn ich mich bei dir nicht sicher fühlen würde, hätte ich bestimmt nicht geschlafen."

„Ich möchte versuchen, heute bis Affi zu fahren", sagte Lea nachdenklich. „Eine große Pause mit warmem Essen könnten wir an der Paganella machen."

„Du bist nicht zum ersten Mal in den Regionen", stellte Giovanni fest.

„Richtig. Aber ich war noch nie als Fahrer da. Deswegen habe ich ja auch solchen Horror vor dem Mautsystem", erklärte Lea.

„Wir übernachten spätestens in Bressanone", legte Giovanni fest. „Auf der Brennerautobahn wird es für dich stressig genug. Wenn du merkst, dass es vorher anstrengend wird, sagst du sofort Bescheid!"

„Ich verspreche es." Lea fädelte sich wieder in den Verkehr auf der Autobahn ein.

Giovanni war klar, dass Lea komplett aus Adrenalin zu bestehen schien. Es war ja nicht irgendeine Fahrt – für sie änderte sich das ganze Leben. Er würde also bremsen müssen, damit sie sich nicht übernahm. Lea hatte nicht übertrieben, die Landschaft, die sie durchfuhren, war einfach traumhaft. Immer wieder hob er das Handy, um die herrlichen Berge der Alpen zu fotografieren. Die Sonne strahlte, die Laune war fantastisch und Lea legte erst in Innsbruck einen Tankstopp ein. Giovanni ging bezahlen und brachte für sie eine Nougatstange mit, auf der ein kleines Holzmarienkäferchen klebte. „Coccinella", sagte er, darauf zeigend.

Lea blinzelte vergnügt. „Ich hatte fast vergessen, dass ich jetzt sehr viel lernen muss."

„Ich weiß, dass du es tun wirst", erklärte Giovanni. „Ich besorge dir einen guten Lehrer, damit du schnell ohne fremde Hilfe zurechtkommst. Natürlich nur, wenn du das wirklich möchtest. Ich habe kein Recht, dir Vorschriften zu machen."

„Ich möchte es!", rief Lea. „Wenn ich in Italien lebe, will ich die Sprache lesen, schreiben, verstehen und sprechen können. Weißt du, was mein Lieblingswort ist? Pipistrelli!" Sie machte mit beiden Armen Flugbewegungen, dann startete sie den Wagen. „Bei uns heißen die Tiere Fledermäuse."

Giovanni versuchte ein paarmal, das Wort auszusprechen, und gab schließlich lachend auf. „Nur gut, dass ich kein Deutsch lernen muss", kicherte er.

„Freu dich nicht zu früh!", drohte Lea schmunzelnd.

Die Mautstation am Brenner meisterte sie bravourös ganz allein und gab zu: „Ich hatte es mir schon hier schlimmer vorgestellt."

Der dichte Kolonnenverkehr auf der Brenner-autobahn zerrte dann doch an Leas Nerven. „Du hattest recht. Ich werde in Brixen die Auto-bahn verlassen." Sie steuerte auch das erste Hotel an, das als solches zu erkennen war.

Giovanni hatte nichts dagegen. Es mussten beileibe nicht fünf Sterne sein. „Du siehst sehr müde aus", stellte er nach dem Einchecken fest.

„Ich bin es auch", gab Lea zu.

Er ließ warmes Essen aufs Zimmer bringen, wofür Lea unendlich dankbar war. „Morgen sind es dann auch noch mal fünf Stunden Fahrt, wenn es keinen Stau gibt", erklärte er ihr. „Wir werden auf halber Strecke ganz gemütlich essen und du kannst eine Stunde ruhen, um wieder fit zu werden."

„Ich habe heute noch heftige Rückenschmer-zen vom Kistenschleppen", verriet Lea. „Des-wegen habe ich sogar die Sitzheizung auf nied-riger Stufe laufen lassen, weil die Wärme gut-getan hat."

„Du legst dich jetzt ein wenig hin", forderte Giovanni, worauf Lea tatsächlich ins Bett kroch. Weil sie sofort ganz fest einschlief, deponierte er einen Zettel auf ihrem Nachtschränkchen. *Bin auf dem Markt, Obst für morgen kaufen.* Als er wiederkam, schlief Lea noch immer. Sie wurde erst munter, als er zwei Espressi auf den Tisch stellte und den Duft zu ihr hinüber wedelte.

„Oha! Wie lange habe ich denn geschlafen?", fragte sie irritiert.

„Mindestens zwei Stunden. Ich hoffe sehr, dass du dich jetzt besser fühlst." Giovanni reichte ihr die Hand als Aufstehhilfe.

„Ich könnte Bäume ausreißen!", gab Lea bekannt, mit Daumen und Zeigefinger die Größe andeutend.

Das Coffein weckte aber die letzten Lebensgeister, sodass Giovanni einen langen Spaziergang durch die Stadt vorschlug.

„Guter Plan! Ich zeige dir eine Stelle, wo meine Lieblingstiere leben!", rief Lea begeistert. „Noch ist es zu hell für sie, da dürften wir sie auch dort finden." Sie hängte sich ihre kleine Kamera um.

Giovanni musste lachen, weil sie fast im Sturmschritt die Gassen zum Dom durcheilte.

„Wir gehen zuerst in den Kreuzgang", sagte Lea geheimnisvoll und führte ihn zielgerichtet in eine Ecke. „Bleib nicht in der Mitte stehen, sonst riechst du dann möglicherweise etwas streng", blinzelte sie, auf einen dunklen Fleck auf dem Fußboden zeigend. „Und jetzt schau mal da hoch, genau oben drüber!"

„Pipistrelli!", staunte Giovanni. „Vier, fünf, nein sechs Stück!"

„Richtig!" Lea fotografierte ohne Blitz aus allen erdenklichen Perspektiven. „Und da vorn", sie führte ihn ein paar Meter zurück, „Ist ein Schwalbennest."

„Warst du schon oft hier?", fragte Giovanni.

127

„Heute ist es das dritte Mal", erwiderte Lea zufrieden. „Und ich bin jedes Mal glücklich, wenn alle Tiere noch am selben Platz zu finden sind. Jetzt können wir uns auch ganz in Ruhe den Dom anschauen."

Giovanni merkte rasch, dass sie nicht einfach nur hier gewesen war, sondern sich umfassend mit dem Bauwerk befasst hatte. „Der herrliche grüne Serpentin stammt aus meiner Heimat, aus dem Erzgebirge", erzählte sie stolz. Sie berichtete auch, was sie über Papa Benedetto XVI (Papst Benedikt XVI) erfahren hatte, der, bevor er Papst wurde, hier Urlaub machte. Giovanni freute sich, dass sie von allem, wo sie den italienischen Namen wusste, diesen verwendete, und dass er eine Partnerin hatte, die in jeder Lebenslage mehr, als nur schmückendes Beiwerk, war.

„Möchtest du lieber shoppen oder gehen wir noch zum Hofgarten und zur Hofburg der Fürstbischöfe?", fragte sie.

„Shoppen können wir überall. Wir schauen uns lieber die Sehenswürdigkeiten an", bat Giovanni. „Ich bin heute zum ersten Mal in Bressanone und du hast mich mit deiner Ortskenntnis völlig überrascht. Du weißt doch garantiert auch, wie man am schnellsten zu dieser Hofburg kommt."

„Aber ganz genau", schmunzelte Lea. Sie wandte sich nach links. „Diesen Brunnen hier, musst du dir auch genauer anschauen", sagte sie. „Er heißt Lebensbrunnen und symbolisiert das

Werden und Vergehen des Menschen. Der Mensch kommt hier aus Gottes Hand und kehrt wieder dahin zurück."

Giovanni schaute Lea verblüfft an. „Jetzt bin ich wirklich sprachlos. Man könnte meinen, du hättest hier als Fremdenführerin gearbeitet. Nun wundere ich mich auch nicht mehr, warum Mario Feuer und Flamme war, als er dich führen durfte. Der merkt auf Anhieb, ob einer nur wohlerzogen nickt oder ob echtes Interesse da ist."

„Mir wird ganz wohlig, wenn ich durch jahrhundertealte Gassen und Bauwerke streife", verriet Lea, während sie ihn die wenigen Meter zur Hofburg lotste. „Du lebst ja selbst von klein auf in solch einer sagenumwobenen Welt. So etwas, wie das hier, nenne ich solide Handwerkskunst", sagte sie, auf das uralte eisenbeschlagene Tor mit dem gewaltigen Schloss zeigend. „Da fällt nichts nach Ablauf irgendeiner Garantie von allein auseinander. Das waren noch kunstvolle Meister, die ihr Geld wert waren. Jeder Stein atmet Geschichte. Aber wem erzähle ich das gerade?" Sie hatte sich in Wallung geredet.

Giovanni lachte vergnügt. „Und da sagen die Leute, uns Italienern läge das Herz auf der Zunge!"

Lea stutze, dann kicherte sie ebenfalls. „Da wird mir die Anpassung leichter fallen."

„Davon bin ich zu 100 Prozent überzeugt!",
rief Giovanni.

Durch den Herrengarten, der nun Hofgarten
hieß, schlenderten sie zurück, wobei auch hier
Lea dem Brunnen ein paar Worte mehr würdigte
und sie Giovanni auf den großen Ginkobaum
aufmerksam machte. Der Laubengang brachte
sie schließlich auf die Straße außerhalb des alten
Zentrums zurück.

„Wenn wir da vorn wieder die Mauer
durchqueren, kommen wir dahin, wo viele kleine
Gaststätten zu finden sind", erklärte Lea, mit
dem Finger die Richtung andeutend.

„Prima. Da gehen wir doch gleich regional zu
Abend essen", schlug Giovanni vor und rannte
bei Lea weit offene Türen ein.

Bei Tisch schaute er Lea neugierig an: „Wie
kommt es, dass du bei deinem geringen
Einkommen, halb Italien, ganz Monaco und
Tod und Teufel zu kennen scheinst."

„Pauschalreisen mit dem Bus, mein Lieber.
Kostet nicht die Welt, bildet aber, weil fast
täglich durch einheimische Reiseleiter geführte
Touren stattfinden", gab sie schmunzelnd
zurück. „Deswegen kenne ich die Strecke zwar
wie meine Westentasche, habe aber noch nie mit
dem Mautsystem zu tun gehabt. Ich war mit
dem Auto selber nur bis zum Brenner.
Österreich habe ich mit dem Auto schon kreuz
und quer durchfahren, Tschechien und auch ein
Stück von Polen. Und ich bin, wie du ja

festgestellt hast, wie ein Japaner ständig mit der Kamera am Auge unterwegs."

„Dir entgeht aber auch wirklich nichts!", staunte Giovanni. „Ich hätte, trotzdem ich mir die Decken im Kreuzgang angeschaut habe, die Schwalben nicht bemerkt und die Fledermäuse erst recht nicht. Dein Blick für Details ist phänomenal. Ich kann diese Fahrt nach Hause glatt als Bildungsreise bezeichnen! Machen wir irgendwann einen Bilderabend, an dem ich mich an deinen Fotos erfreuen kann?"

„Gern. Da gibt es zu einigen Schnappschüssen recht lustige Geschichten", kicherte Lea vergnügt.

„Dann sollten wir wohl Antonio und Manuele auch gleich mit einladen?", blinzelte Giovanni.

Lea zuckte mit den Schultern. „Wenn sie sich wirklich für so etwas interessieren, soll es mir recht sein."

„Dich in einem Urlaub richtig begeistern zu können, dürfte bei unseren unglaublich vielen mittelalterlichen Orten bestimmt kein Problem werden", blinzelte Giovanni.

„Ohhhh nein!", gab Lea, sich die Hände reibend, zu. „Es gibt sogar bei dir fast vor der Haustür Orte, die ich gern noch einmal ganz in Ruhe durchstreifen möchte. Ohne die Angst, den Bus zu verpassen, und mit dem Taxi zig Kilometer ins Hotel hinterherfahren zu müssen."

Giovanni nickte begeistert. „Ich bringe uns hin und du bist vor Ort die Reiseleiterin. Würde mich kein bisschen wundern, wenn ich nicht noch was Neues, über meine eigene Heimat erfahre."

Scherzend und lachend kehrten sie zum Hotel zurück, das sie am Morgen erst nach einem reichhaltigen Frühstück verlassen wollten.

„Da herrscht eh Berufsverkehr, die LKW rollen als Kolonne und wir werden es ganz gemächlich angehen", legte Giovanni fest. „Es sind 500 Kilometer, sehr hoch gerundet."

„Am meisten graut mir vor der Poebene. Wenn man Dienstag schon sieht, wer Sonntag zu Besuch kommt", stöhnte Lea, worauf Giovanni in schallendes Lachen ausbrach. „Ich muss mir schleunigst ein Notizbuch mit deinen Sprüchen anlegen!"

„Wärst du so lieb, für mich ein Foto vom 45. Meridian in der Poebene zu machen? Ich hatte jedes Mal große Lastwagen genau vor der Linse oder einen ungünstigen Platz im Bus, dass ich das Schild nicht fotografieren konnte", erzählte Lea.

„Ich bekomme langsam ein richtig schlechtes Gewissen", bekannte Giovanni. „Ich wusste nicht mal, dass es da ein Schild gibt."

„Das überspannt sogar die ganze Autobahn!", schmunzelte Lea. „Aber wenn man selber fährt, hat man sicher genug andere Probleme, als mitten in der Pampa auf sowas zu achten. Und morgen wirst du mich mehr als ein Mal retten müssen, weil ich Hilfe beim Mautsystem brauche." Sie schaute etwas verzweifelt den Streckenplan auf Google Maps an, ehe sie gleich noch ihr Navi auf die neue Adresse in Siena als Heimtort programmierte.

Giovanni zog sie glücklich in seine Arme. Heimatort. Er werde alles tun, damit sie sich ganz schnell heimisch fühlen konnte.

„Ich tanke gleich noch mal", erklärte Lea, bevor sie auf die Autobahn fuhren.

Giovanni bezahlte. Er war erneut erstaunt, wie gut der Wagen im Verbrauch lag. Dann lotste er sie durch den Dschungel der kostenpflichtigen Straßen. A22, E45, wieder A22, vorbei an Rovereto, Verona und Bologna. Eine Pause legten sie bei Verona ein. Giovanni wunderte sich schon gar nicht mehr, dass Lea auch diese Stadt besucht hatte. Nach Rovereto hatte sie von ihren Besuchen am Gardasee berichtet, und wie intensiv sie die Scaligerburgen durchstöbert hatte. Es fehlte auch nicht, dass sie zwei Mal per Schiff in Limone gewesen war und die alten Gewächshäuser besucht hatte.

„Wie stehst du zu Opern?", fragte Giovanni während der Mittagspause plötzlich.

Lea schaute nachdenklich auf. „Ich möchte gern mal eine Aufführung in der Arena hier in Verona erleben. Das sollen traumhafte Erlebnisse sein."

„Genau deswegen frage ich", gab Giovanni zu.

„Rigoletto, Toska, der Barbier von Sevilla oder, oder ... aber bitte nichts Modernes!", sagte Lea schnell.

„Da schwöre ich auch ganz auf die alten Meister", gab Giovanni zu. „Jedenfalls steht jetzt schon fest, dass sich Herr Doktor Conti mit seine hübschen und charmanten Lea endlich wieder bei allen gesellschaftlichen Großereignissen sehen lassen wird. Und er wird die neidischen Blicke genießen!" Etwas leiser fügte er hinzu: „Denn sie kennt alle seine finsteren Geheimnisse und kann Dummschwätzern Paroli bieten."

„Und das wird sie tun, wenn jemand versucht, an deiner Ehre zu kratzen. Sie kann nämlich durchaus auch die Krallen und Reißzähne blitzen lassen." Lea ließ den Motor an und drängte sich gekonnt in die schier endlose LKW-Kolonne.

In der Mittelkonsole lag ein laminierter Zettel im Scheckkartenformat mit den erlaubten Geschwindigkeiten, obwohl das Navi diese auch anzeigte. Giovanni stellte fest, dass auf der Rückseite die österreichischen und auf einem Kärtchen darunter die tschechischen und polnischen Daten zu finden waren.

„Besser man hat, als man hätte", gab Lea bekannt. „Ich mache mich ungern ganz abhängig von irgendwelchen Geräten." Dann seufzte sie: „So, und nun ab, durch die langweilige Poebene! Mal schauen, ob heute Nebel ist."

„Bald sind wir zu Hause, Schatz", frohlockte Giovanni, was Lea ein vergnügtes Lächeln ins Gesicht zauberte. „Ich freue mich auf mein neues Zuhause."

Giovanni hielt das Handy griffbereit und ihm gelang es, mehrere hervorragende Bilder vom Meridian-Hinweis zu schießen, zumal die Sonne wie frisch poliert vom Himmel strahlte.

„Ich muss für kleine Mädchen", gab Lea an der nächsten Raststätte bekannt und fuhr noch einmal heraus. „Ich glaube, das wird die Aufregung sein."

Der Meinung war Giovanni auch, hatte sie doch bisher alle Streckenabschnitte durchgehalten, wie er es nicht einmal sich selber wirklich zugetraut hatte. Eine halbe Stunde später kam Siena in Sicht und er übernahm es, die Route zur Garage anzusagen, weil kein Navi der Welt die geheimen Pfade wissen konnte.

„Ach, da ist ja schon die Auffahrt", freute sich Lea, im Schritttempo den Hügel nehmend.

Giovanni öffnete mit der Fernbedienung das Tor. „Stelle ihn in die Lücke, die dir am angenehmsten ist", wies er an.

Lea steuerte den ganz linken freien Platz an, parkte ein und schaltete den Motor ab. „Angekommen!"

„Und hervorragend gefahren!", lobte Giovanni. „Wenn es für dich nicht zu anstrengend ist, möchte ich gern mit meinen Freunden das Willkommensessen für dich zelebrieren", sagte er in fragendem Ton.

„Ich kann doch morgen relaxen", gab Lea bekannt. „Solange meine Kisten nicht da sind, ist nur Haushalt angesagt. Den sollte ich sogar völlig übermüdet in den Griff bekommen."

Sie nahmen die Rollkoffer mit zum Wohnhaus. Den Rest wollte Giovanni später aus dem Kofferraum holen, dessen Fassungsvermögen er schätzen gelernt hatte.

„Espresso?", fragte Lea, als sie den Koffer abgestellt hatte.

„Gern!" Giovanni freute sich auf das geruhsame Tässchen Nachmittagscoffein. Er zauberte aus dem obersten Fach eines Hängeschranks der Küche eine Blechdose voller leckerer Köstlichkeiten hervor, weil er absolut keine Lust hatte, gleich noch einmal zum Auto zu gehen.

„Du kannst mit deinem glücklichen Strahlen bestimmt die halbe Stadt erleuchten", schmunzelte Lea, weil das Dauerlächeln eingemeißelt zu sein schien.

„So fühle ich mich auch", blinzelte er. „Ich kann es kaum fassen, dass das alles wahr ist, was wir in den letzten Tagen erlebt haben. Und dass du nun für immer bei mir bist, ist das Tüpfelchen auf dem I. Wenn ich behaupten wollte, ich sei nicht glücklich, wäre ich der größte Lügner aller Zeiten." Er angelte nach dem Handy, um seine Freunde anzurufen. Beide sagten hoch erfreut zu. Dann buchte er sofort den Tisch für den Abend in seinem Lieblingsrestaurant.

„Jetzt gehe ich Kofferraum ausräumen!", erklärte er voller Elan.

„Ich komme mit! Es steckt ein Haufen Kleinkram in allen verfügbaren Ecken", verriet Lea und Giovanni staunte erneut, wo man überall etwas unterbringen konnte, wenn man es richtig anstellte. „Der schleppt mehr weg, als mein Lieblingsschlitten", gab er unumwunden zu.

„Tausche nicht nutzbare PS gegen Kofferraum?", lachte Lea.

„So ähnlich", grinste Giovanni. Es machte ihm nichts aus, dass man Lea nicht mit Nobelkarossen beeindrucken konnte. Im Gegenteil. Es gab in der Umgebung Leute, die heißere Öfen fuhren und immer auf der Jagd nach einer schnellen Nummer waren. Gegen deren Protzgehabe war Lea mit an Sicherheit grenzender Wahrscheinlichkeit resistent.

Als er noch eine Stunde lang seinen Geschäftsmailverkehr sichten musste, nahm Lea die Dusche in Beschlag. Schnell fand sie heraus, wie man Massagestrahlen für die ganze Wirbelsäule einstellen konnte. „Ach, das tut gut", seufzte sie wohlig. Der Inhalt des kleinen Koffers gab sogar elegant lässige Kleidung für den Abend her. Wo der Dampfglätter zu finden war, wusste sie und so bekam sie auch die zwei Knitter weg, die sich, trotz sorgfältigem Zusammenrollen in der champagnerfarbenen Tunika gebildet hatten.

Giovanni sah die Kleidung auf der Stuhllehne hängen. „Da halte ich mit!" Er nahm eine dunkelbeige Hose aus dem Schrank und ein blaues Hemd. „Ich lasse in den nächsten Tagen den Schrank um vier Türen erweitern, auch wenn hier noch Platz ist. Wegen der Innenaufteilung der neuen Segmente und sämtlicher Räume reden wir morgen."

Als sie das Haus verließen, standen zwei Nachbarn auf dem Gehweg. „Oh, guten Abend! So schnell wieder da!", staunten sie.

Lea nickte vergnügt und antwortete, so gut sie es vermochte, auf Italienisch: „Ich fahre auch nicht mehr weg."

Die beiden schauten Giovanni fragend an, weil es ja sein konnte, dass sie gerade Worte verwechselt hatte.

„Der Umzugswagen bringt in den nächsten Tagen ihre ganze Habe. Also nicht wundern, wenn der große Truck kurzzeitig die Straße blockiert", fügte er lächelnd hinzu, Lea an sich drückend.

„Fantastisch! Herzlich willkommen, als neue Nachbarin!" Sie schauten lange hinterher, als Giovanni und Lea Arm in Arm die Straße hinunter schlenderten. Das waren doch mal Neuigkeiten, die man gern im ganzen Viertel breit trug.

Manuele und Antonio bereiteten ihr genau so begeistert einen herzlichen Empfang. Sie hatten einen riesigen Blumenstrauß binden lassen, der fast den halben Tisch verdeckte. Schnell brachte das Personal eine Bodenvase, die sicher in einer Nische platziert wurde.

„Ich habe es ohne Lea nicht ausgehalten", erklärte Giovanni. „Das Haus war plötzlich so leer und so still. Kein Lächeln am Morgen und kein Wunsch für eine gute Nacht am Abend. Und ständig die Furcht, ein anderer nähme sie mir für immer weg."

„Der Umzugswagen kommt am Mittwoch", erzählte Antonio. „Der stand stundenlang bei Tramin im Unfallstau und musste eine unfreiwillige Übernachtung einlegen."

„Solange dem Fahrer nichts passiert ist, ist alles gut", winkte Lea ab.

Giovanni rieb sich die Hände. „Dann haben wir genug Zeit, die Wohnung umzugestalten. Gleich morgen bestelle ich die zusätzlichen Schrankteile."

„Und ich entführe deinen Schatz auf einen Behördenmarathon", schmunzelte Antonio.

Lea seufzte. „Ach ja, die Behörden gibt es ja auch noch. Nur gut, dass ich einen Packen aktueller biometrischer Bilder in der Tasche habe."

Doktor Antonio Carraras Anwesenheit bewirkte am nächsten Tag, dass man Lea mit albernen Fragen verschonte. Der Hinweis, sie habe sich nicht in der Adresse geirrt, weil sie die

Lebens- und Geschäftspartnerin Doktor Contis
sei, öffnete ganz rasch die Türen zu gültigen
Papieren für sie und das Auto. Antonio erklärte,
man werde am übernächsten Tag wiederkommen, um diese in Empfang zu nehmen.
Giovanni spendierte hoch erfreut ein gemein-
sames Mittagessen.

Am Mittwoch tauchte gegen zehn Uhr der
Umzugswagen auf. Sofort standen ein paar
Männer aus der Nachbarschaft bereit, um zu
helfen. Lea dirigierte in erster Linie die Träger
ganz nach dem Motto: hierhin, dahin, dorthin,
wobei sie natürlich auch selber mit anpackte.
Der Trucker und die Helfer bekamen ein
ordentliches Handgeld. Einer wies den Truck
beim Rückwärtsfahren zusätzlich ein und bald
schon erinnerte vor dem Haus nichts mehr an
Ungewöhnliches. Die Nachbarn wussten nun
ganz genau, dass Lea tatsächlich bei Giovanni
eingezogen war. Am Nachmittag tauchte der
Kleintransporter auf, welcher die Möbelteile
brachte. Innerhalb einer Stunde war er entladen
und die Module montiert. Lea wischte alles
feucht aus und begann, ihre Bekleidungskisten
auszupacken.

„Brauchst du Hilfe?“, fragte Giovanni beim
Anblick der gestapelten Kartons.

Sie schüttelte den Kopf. „Nicht wirklich. Ich
melde mich, falls ich nicht klarkomme. Sag mir
einfach, wohin ich die leeren Kartonagen legen
soll, wenn ich sie auseinandergenommen habe.“

„Am besten im Treppenhaus direkt neben die Ausgangstür. Ich lasse sie wegbringen, wenn der Stapel wirklich lohnend ist", erklärte Giovanni, sich wieder in sein Büro begebend.

Auch wenn Lea wie ein Bienchen räumte, vergaß sie nicht, zu seinen gewohnten Zeiten Espresso zu bereiten. Giovanni setzte sich mit seiner Tasse zu ihr neben die Kisten, um sie nicht allein zu lassen.

„Noch vier Kartons, dann bin ich mit Bekleidung, Wäsche und Schuhen fertig", verkündete Lea stolz. „Als Nächstes fülle ich die Bücherregale. Zuletzt nehme ich die Werkstatt in Angriff. Am liebsten würde ich mir zwei richtig gute Sortierschränke kaufen, ehe ich alles mehrmals umräumen muss", sagte sie zögernd.

„Und was hält dich ab?", fragte Giovanni.

„Die Finanzen", murmelte Lea.

Giovanni hauchte ihr einen Kuss auf die Stirn. „Die schenke ich dir zum Einzug."

„Das ist doch viel teuer!", wehrte Lea erschreckt ab.

„Nein. Ist es nicht. Wenn du die vier Kleiderkisten leer hast, kommst du runter ins Büro und wir schauen im Internet nach Schränken, wie du sie dir wirklich erträumst. Finden wir keine, lasse ich sie anfertigen. Punkt."

Giovanni ließ auch sofort alle Arbeiten ruhen, als Lea kam und schaute sich auf ihrem Handy die ultimativen Traumschränke an, mit zweifach einklappbaren Türen pro Seite und schier

unendlich viel Stauraum für die unterschied-
lichsten Materialien. Der Händler war schnell
ermittelt, der Preis auch und Lea musste sich
nur noch für das passende Holz entscheiden. Sie
wählte helle Buche, weil ihr das ein Gefühl von
Wärme vermittelte.

„Sì, consegna espressa", hörte sie Giovanni
sagen und fragte: „Habe ich das richtig verstanden, Expresszustellung?"

„Ja, natürlich. Du brauchst die Schränke
schließlich." Giovanni grinste sie vergnügt an.
„Hör für heute auf zu räumen. Du hast genug
geschuftet. Rom wurde auch nicht an einem Tag
erbaut."

„Und das sagt einer, der gerade eine Express-
bestellung aufgegeben hat!", murmelte Lea verblüfft, worauf Giovanni vergnügt vor sich hin
schmunzelte.

Am Samstagmorgen kamen die Schränke, Lea
faltete mittags die letzten Pappen zusammen
und verkündete: „Nun dürfte der Ausnahmezustand beendet sein!"

Giovanni nickte erfreut. „Fühlst du dich fit,
um heute Abend auszugehen, oder möchtest du
lieber zu Hause essen?"

„Welcher Art ausgehen?", stellte Lea die
Gegenfrage.

„Der Bürgermeister gibt einen Empfang",
sagte Giovanni zögernd. „Ich war, aus dir gut
bekannten Gründen, schon lange nicht mehr bei
irgendwelchen offiziellen Ereignissen. Das wäre

die beste Gelegenheit, die selbst auferlegte Abstinenz zu beenden und dich in die gehobene Gesellschaft der Stadt einzuführen."

„Packen wir es an!", blinzelte Lea. „Sei aber bitte nicht böse, wenn ich mich nach dem Essen ein wenig hinlege, um den Abend wirklich durchzuhalten."

Giovanni kroch mit unter die Decke, um Lea einfach nur festzuhalten und zu spüren. Dass er es genau so nötig gehabt hatte, zeigten die fast drei Stunden Schlaf, die beiden wirklich guttaten.

Der Empfang

Lea nahm drei Kleider aus dem Schrank, um Giovanni die Auswahl zu überlassen. Schuhe, in denen sie gut laufen und tanzen konnte, hatte sie nicht in mehreren Varianten, aber das einzige Paar passte zu jedem der Kleider.

Giovanni kniff ein Auge zu, taxierte Lea, dann die Kleider. „Das Blaue ist zu brav. Das Schwarze gefällt mir nicht. Aber das Rote, das hat was! Zieh bitte das an!"

„Das ist auch mein Favorit", gab Lea zu. „Ich muss nur noch die Ledersohlen meiner Schuhe mit der Drahtbürste aufrauen. Lieber Walzer als Eiertanz."

„Meine bitte auch!", rief Giovanni. „Es wäre die schlimmste Blamage, ausgerechnet heute vor aller Augen, zu Boden zu gehen."

Lea nahm die beiden Paare mit in die Werkstatt, um ihnen den richtigen Grip zu geben.

„Du bist ein Schatz!", lobte Giovanni sie, wegen der neuen Trittsicherheit.

Lea komplettierte das rote Etuikleid mit einer Stola aus dünnem schwarzem Garn mit Lurexfäden. Dazu passte dann nur ihr Silberschmuck, den sie rasch mit einem Spezialtuch aufpolierte. „Ich weiß mir zu helfen", kommentierte sie Giovannis nachdenklichen Blick.

Eine andere, hätte jetzt lauthals zeter und mordio geschrien, huschte es durch seine Gedanken.

Lea steckte das lange Haar kunstvoll mit silbernen Spangen hoch, begutachtete ihre Fingernägel und entschied, dass farbloser Lack reiche. Der 30-Sekunden-Lack war auch wirklich in dieser Zeit trocken, wie Giovanni überrascht feststellte. Er kannte bisher nur das nervenaufreibende Spiel mit drei bis vier Lacken und einem Finish auf Krallen, für die man eigentlich schon fast einen Waffenschein benötigte.

Ein wenig Wimperntusche, ein Hauch Lidschatten, Lipgloss und Deo, dann war Lea ausgehfertig. Ihren Ausweis steckte Giovanni ein und auch das Taschentuch.

Marcello hatte zufällig die Tour bekommen und staunte Lea regelrecht an.

Giovanni lachte herzlich. „Uns solltest du ab sofort öfter so sehen. Sie ist bei mir eingezogen", gab er bekannt.

„Was für eine gute Nachricht!", rief Marcello erfreut.

Am Ort des Geschehens sorgte Giovannis Auftauchen für helle Aufregung. Schon der Maître de Plaisir, der die Tischbesetzung festlegte, bekam riesengroße Augen. „Doktor Conti!"

„Genau der", schmunzelte Giovanni. „Mit Lebenspartnerin Lea Minnich."

„Am Tisch der Herren Ricci und Carrara sind gerade noch zwei Plätze frei."

„Perfekt", freute sich Giovanni, Lea am Arm zu seinen erstaunten Freunden führend.

Beide begrüßten Lea hoch erfreut mit Handkuss, von allen anderen Tischen neugierig beobachtet.

„Haben wir eine kleine Sensation? Oder haben wir eine kleine Sensation?", grinste Antonio. „Wenn wir schon völlig perplex sind, wie mag es erst den anderen gehen?"

„Finden wir es heraus", blinzelte Giovanni. Er ahnte nicht, wie schnell das passieren sollte.

Der Bürgermeister begrüßte die Anwesenden, dankte ihnen für die Unterstützung bei der Ausrichtung der Palio-Rennen, gab Zahlen und Fakten der Veranstaltungen, die in diesem Jahr stattgefunden hatten, bekannt und eröffnete schließlich das Buffet.

Die vier am Tisch warteten, bis sich der erste Ansturm gelegt hatte, ehe sie zur Tafel voller Köstlichkeiten gingen. Lea ließ den Männern den Vortritt, weil sie noch unschlüssig war, was sie nehmen werde.

„Wissen Sie eigentlich, dass Giovanni vor Ihnen mit einem Flittchen liiert war?", flüsterte eine der älteren Damen Lea gehässig zu.

Lea musterte die Frau kühl und sagte halblaut, sodass man es an mehreren Tischen hören konnte: „Ist Ihnen bekannt, dass im Gegensatz zu Giovanni, einige Herren hohe Schweigegelder an das Flittchen gezahlt haben? Vielleicht gehören Sie ja zu denen, die froh sein sollten, dass die Liste noch unter Verschluss ist."

Es wurde schlagartig totenstill. Lea ließ den Blick scheinbar unbeeindruckt über die erstarrte Gesellschaft gleiten. „Sollte noch jemand Lust auf alberne Diskussionen haben, ich stehe Ihnen gern zur Verfügung." Sie wandte sich um und bediente sich seelenruhig am Buffet. Dann schritt sie lächelnd mitten durch den Saal zu ihrem Platz.

„Bravo", sagten Antonio und Manuele zutiefst beeindruckt.

Giovanni rückte ihr den Stuhl zurecht. „Da hast du ausgerechnet der größten Giftnatter den Triumph vermasselt. So ein Pech aber auch."

„Schaut euch die Blicke an, mit denen einige Damen jetzt ihre Gatten beobachten!", lästerte Antonio. „Dass ich sowas erleben darf! Herrlich!"

„Hatte ich eigentlich erwähnt, dass ich mich aufrege? Nein? Dann wisst ihr es jetzt!", erklärte Lea.

„Ehrlichkeit beschert nicht viele Freunde, aber genau die richtigen", betonte Manuele, als vom Nebentisch zwei Paare zu Lea und Giovanni die Gläser hoben. Sie dankten auf die gleiche Weise.

„Das sind der Bürgermeister und der Polizeipräsident mit ihren Gattinnen", verriet Giovanni.

Als sich Lea später auf der Toilette frisch machte, kamen zwei ältere Damen herein. „Sie haben Mut, meine Liebe", blinzelte die eine und die andere seufzte: „Ich wäre garantiert puterrot geworden."

„An meiner Stelle, oder der meiner Gesprächspartnerin?", schmunzelte Lea.

„An jeder", lachte die Dame.

Lea winkte ab. „Ich habe schon lange mit so einer Konfrontation gerechnet. Es hat nur keiner erwartet, dass ich bestens über alles informiert bin. Ich bin die Frau, mit der Giovanni von der Mauer gestürzt ist."

„Ach! Das haben wir für die überhitzte Fantasie des Reporters gehalten!", rief die erste Dame erstaunt.

„Mich gibt es wirklich", blinzelte Lea.

Dass die eine die Gattin eines Herrn über mehrere Apotheken und die andere Arztgattin war, erfuhr sie ein paar Minuten später wieder von Manuele. Der hatte mit Antonio inzwischen am Buffet fleißig Meinungsforschung betrieben. Leas beherzte Reaktion hatte für ganz klare Fronten gesorgt. Man bewunderte sie für ihren Mut, sich öffentlich zu wehren.

Lea genoss den wundervollen Abend, tanzte mit allen Herren, die darum baten, und stahl so einigen Damen die Schau. Denn sehen und gesehen werden, waren die wichtigsten Werbepunkte, wenn man geschäftlich Fuß fassen wollte. Giovanni wechselte beredte Blicke mit seinen Freunden. Es war die beste Entscheidung gewesen, die Einladung anzunehmen.

Zu Hause erzählte er schließlich, warum die impertinente Dame immer wieder gegen ihn ätzte. „Die beiden sind ebenfalls Besitzer eines umfangreichen Weingutes und, wie ich auf Grund der Größe, nicht in einer Genossenschaft organisiert. Sie haben eine Tochter, die zwei Jahre jünger ist, als ich. Eines Tages verlangte Chloé, so heißt die Dame, dass ihr Mann mit meinem Vater ein Eheversprechen zwischen ihrer Tochter und mir arrangieren sollte. Da war ich gerade mal 16. Mein alter Herr hat dankend abgelehnt und seitdem schwelt die Fehde. Als meine Eltern starben, standen die beiden sofort auf der Matte, um irgendwie an meinen ererbten Grund und Boden zu kommen. Antonios Vater, ein Anwalt, der schon gegen die Mafia zu Felde gezogen ist, hat mich damals vertreten und all ihre Vorhaben zunichtegemacht. Und auch jetzt versuchen sie stets alles, mir jeden Erfolg madig zu machen, weil ihre Tochter eher eine alte Jungfer wird, als dass sie einen Mann nehmen darf, der nicht mindestens standesgemäß ist."

„Gut zu wissen", murmelte Lea mit zusammengezogenen Augenbrauen. „Solche Leute kann man nur mit ihrer eigenen Dummheit schlagen. Die dürften jetzt aber auch kapiert haben, dass ich sofort zurück beiße. Und dass ich mir nichts wegnehmen lasse, sollten sie zumindest ahnen."

„Wir haben gestern etwas verpasst, hat man uns erzählt", wandte sich Salvatore schmunzelnd an Lea, die am nächsten Morgen vor ihm beim Bäcker anstand.

„Oh je, es weiß wohl wirklich schon die ganze Stadt, dass ich mich mit Signora Bertini duelliert habe!", seufzte Lea.

„Ja, das pfeifen die Spatzen von den Dächern", rief die Bäckersfrau, die das kurze Wortgeplänkel vernommen hatte. Sie packte ein, was Lea orderte und legte einen Foliebeutel Gebäck obenauf. „Das ist, was ich davon halte! Lassen Sie es sich gut schmecken!"

„Herzlichen Dank!", staunte Lea.

„Dann habe ich wirklich was verpasst", stellte Salvatore kopfschüttelnd fest. „Ich sollte wieder öfter Einladungen zu solchen Veranstaltungen annehmen."

„Guter Plan. Das lohnt sich wieder", grinste die Bäckerin. „Ich saß zu weit weg, um es selber zu hören, aber alle haben das Gleiche erzählt. Siena hatte eine mittelgroße Sensation. Nun muss nur noch unsere Contrada den nächsten Palio gewinnen, dann tobt der Ausnahmezustand", lachte sie und wiederholte das Wortduell, welches Lea haushoch zur Siegerin machte.

Giovanni amüsierte sich prächtig über das, was Lea beim Bäcker erlebt hatte. „Ihr wart ja sicher nicht allein im Geschäft."

„Nein, da standen mindestens noch fünf Leute, die durchaus verstanden haben dürften, worum es ging", erzählte Lea.

„Ich wurde heute von Nachbarn gegrüßt, die mir seit Monaten oder gar Jahren aus dem Weg gegangen sind", berichtete Giovanni. „Ich bin so glücklich, dass du da bist."

„Komm, wir teilen uns das Gebäck", sagte Lea. „Wie nennt man das?"

„Das sind Cantuccini, Mandelkekse. Die sind wirklich superlecker."

Sie saßen im kleinen Salon, knabberten Kekse, tranken Espresso und planten den Abend, als Leas Handy klingelte. „Hm, die Nummer kenne ich nicht." Sie meldete sich förmlich. Nach ein paar Sekunden wurden ihre Augen groß und immer größer. „Ja, ich komme in einer Stunde vorbei, dann können wir alles besprechen. Dankeschön. Bis dahin!" Sie starrte ihr Telefon an, als habe sie einen Geist gesehen. „Das war das kleine Handarbeitsgeschäft am Ende der Straße. Sie haben Interesse an meinen Tuch-spangen."

„Wie wird das wohl kommen?", lachte Giovanni. „Es scheint Spatzen in Hülle und Fülle zu geben. Das geht echt runter wie Öl."

Als Lea mit ihrem Musterkoffer zum Geschäftstermin eilte, hielt er eine Videokonferenz mit seinen Freunden ab, um die grandiosen Neuigkeiten zu verkünden.

Manuele verriet, dass er heute in der Praxis auch mehrmals auf den gestrigen Abend angesprochen worden war. „Ich soll Grüße bestellen von ..." Er zählte mehrere Namen auf.

„Sie wünschen euch beiden viel Glück auf allen Wegen."

Giovanni bedankte sich erfreut.

Antonio verriet hinter vorgehaltener Hand, dass Signora Cloé wirklich froh sein konnte, dass die Liste von Rominas Freiern noch unter Verschluss war. „Er ist im Hinterhofetablissement gesehen worden. Man munkelt, er sei einer von denen, die es bevorzugt mit Schwangeren trieben."

Giovanni lachte bitter auf. „Na, wenn das publik wird, möchte ich weder in seiner noch in ihrer Haut stecken. Mein Mitleid hält sich jedenfalls in sehr engen Grenzen."

„Glaube ich gern. Denke auch nicht drüber nach. Überlege lieber, wie du seinen wegbrechenden Marktanteil mit abdecken kannst."

Diesmal brach Giovanni in schallendes Gelächter aus. Der kleine Hinweis zeigte, dass Antonio wesentlich mehr wusste, und vermutlich doch alle Beweise beisammen hatte.

„Ach, noch was", sagte er da auch schon. „Der Kerl, der Lea nach Siena gelockt hat, und der Bordellbesitzer sind ein und dieselbe Person."

„Oh, mein Gott!", stammelte Giovanni. „Ich ahne Furchtbares."

Antonio nickte. „Am Tag, als Lea hier ankam, gab es eine großangelegte Razzia. Das hat sie vermutlich gerettet. Niemand hätte nach einer Fremden gesucht."

„Darf ich es ihr sagen?"

„Das liegt ganz in deinem Ermessen. Ich, für meinen Teil, weiß, dass die Informationen bei ihr sicher sind", erwiderte Antonio.

Manuele hatte die Hände zu Fäusten geballt. „Ich glaube, diesmal wird mir übel. Das sind doch finsterste Mafia-Methoden."

„Auch das weiß ich", sagte Antonio. „Mein Vater war ein guter Lehrmeister. Genügt das für den Augenblick?"

„Ja", erwiderten Manuele und Giovanni.

Lea kam zurück und alle drei schalteten sofort auf fröhliches Freundetelefonat um. Sie winkte in die Kamera. „Ciao amici!" (Hallo Freunde!)

„Kann man einen Erfolg feiern?", fragte Antonio.

„Kann man", freute sie sich. „Ich darf Tuchspangen nach fast nebenan liefern!"

„Ja, die Spatzen!", lachte Manuele.

„Ich liebe Spatzen", blinzelte Lea.

„Macht euch einen Schampus auf, um das zu feiern!", riet Antonio. „Wir werden uns jetzt verabschieden!" Beide winkten und die Bilder erloschen.

„Du wirkst bedrückt", stellte Lea sofort fest. „Gibt es etwas, das sich wissen sollte?"

„Ja und nein", murmelte Giovanni, zog sie auf seinen Schoß, hielt sie ganz fest und berichtete leise, was Antonio herausgefunden hatte.

Lea schüttelte sich angewidert. „Hätte es das Schicksal nicht plötzlich anders beschlossen, wäre ich jetzt vielleicht an Rominas Stelle, schwanger geile Böcke befriedigen zu müssen. Ich bleibe dabei, das Glück hat unsichtbar neben mir auf der Mauer gehockt, als du verletzt aus dem Haus gelaufen bist."

„Ich mache jetzt wirklich einen Champagner auf", erklärte Giovanni den Kühlschrank inspizierend. „Anders könnte ich die ganzen Widerwärtigkeiten nicht ertragen. Geh nicht weg", bat er, als Lea ihren Musterkoffer in die Werkstatt bringen wollte. „Ich fürchte mich im Augenblick, auch nur eine Minute, ohne dich zu sein. Es tut mir leid, dass ich nicht der eisenharte Kerl bin, den du vielleicht erhofft hast."

Lea schmiegte sich an. „Ich brauche keinen eisenharten Kerl, ich will einen ehrlichen, mit echten Gefühlen. Genau so, wie du bist. Wir stehen es zusammen durch. Wir nehmen Flasche und Gläser mit ins Bett und kuscheln, bis die trüben Gedanken verblassen. Kurz vor dem Sieg über alle, die dich am liebsten im Staub kriechen sehen würden, wirst du doch nicht etwa schlapp machen?! Fasse stattdessen den Plan ins Auge, nicht der letzte Duca zu bleiben, um dein Imperium so weiterzuvererben, wie es deine Vorväter getan haben. Damit triffst du die anderen am tiefsten."

Giovanni horchte auf. „Dieser Gedanke gefällt mir ausgezeichnet. Ich weiß sogar eine, die ich vom Fleck wegheiraten würde, um sie standesgemäß zur Mutter von Erben zu machen, deren

Legalität keiner anzweifeln würde. Die Duchessa (Herzogin) meines Herzens ist sie schon lange." Er ging vor ihr auf die Knie. „Willst du meine Frau werden?"

Lea bekam große Augen, dann jubelte sie: „Sì, sì, sì!"

Statt ihren Kummer im Champagner zu ertränken, bogen sie in den kleinen Salon ab und stießen auf den wirklich erfreulichen Grund an. Giovannis Herz klopfte wie ein riesiger Schmiedehammer, als sie zusammengekuschelt auf dem Sofa saßen. Lea machte sich schließlich Sorgen. „Nicht, dass du jetzt vor Freude aus den Schuhen kippst!", murmelte sie.

„Das wird schon wieder", wiegelte er ab. „Es war nur etwas viel in den letzten Wochen und Monaten."

Sie seufzte. „Das lasse ich als Argument gelten. Mich hatte ja auch die Aufregung eines einzigen Tages umgeworfen."

„Weißt du, dass mir erst jetzt bewusst wird, dass du nie über deine Eltern gesprochen hast?", sagte Giovanni plötzlich.

Lea nickte. „Das ist ein Kapitel für sich. Sie haben vor fast fünf Jahren jeden Kontakt zu mir abgebrochen, weil ich nicht die ultimative Tochter ihrer Vorstellungen bin. Statt Geld in irgendwelchen leitenden Positionen in der Wirtschaft zu scheffeln, wie es ihr Plan war, habe ich mich fürs Glücklichsein entschieden. Es bringt keine Millionen ein, ist aber das, was ich mit Herzblut mache. Herr Doktor und Frau Doktor Minnich haben ihr missratenes Kind verstoßen, um sich in der feinen Gesellschaft seiner nicht schämen zu müssen."

Giovanni hatte mit wachsender Verblüffung zugehört. „Ein Grund mehr, sie zu unserer Hochzeit einzuladen. Entweder sie kommen oder sie kommen nicht. Dann haben wir zumindest alles getan, eine Versöhnung herbeizuführen. Wir haben jetzt fast November ... sagen wir, am 15. März läuten die Hochzeitsglocken."

„So soll es ein", jubelte Lea.

„Es wird mir ein Vergnügen sein, die Einladung mit meinem Adelswappen zu prägen. Der Herr der Weinberge, Doktor Giovanni Conti, und seine bezaubernde Verlobte, die Schmuckdesignerin Lea Minnich, geben sich am 15. März in Siena das Ja-Wort. Für Sie, sehr geehrter Herr Doktor Minnich und Ihre Gattin, steht ab dem 13. März eine Hotelsuite im XY bereit, deren Kosten ich selbstverständlich übernehme. Natürlich alles mit Feder handschriftlich, sowohl auf Italienisch als auch in der deutschen Übersetzung. Ich überlege mir noch, welches Hotel ich buche", erklärte Giovanni vergnügt. „Bitte geben Sie mir bis zum 01. März Bescheid, ob Sie zu unserer Hochzeit erscheinen werden. Morgen gehen wir zu den Behörden und hinterher, nach einem Brautkleid Ausschau halten. Ich glaube nicht an den Firlefanz, dass es Unglück bringt, die Braut vorher zu sehen.

Dann würde es ja auch Unglück bringen, mit ihr all die schönen Dinge zu tun, die erst nach der Hochzeit offiziell wären."

„Endlich strahlst du wieder", freute sich Lea. „Gehen wir schlafen, Schatz. Oder ein paar Dinge tun, die noch gar nicht offiziell sind."

Giovanni nahm sie schmunzelnd auf die Arme und eilte im Laufschritt Richtung Schlafzimmer. „Aber ja. Ich kann doch meine vorehelichen Pflichten nicht vernachlässigen." Er trat auch sofort den Beweis an, der einzig Richtige für die kommenden ehelichen Pflichten zu sein.

Die Märchenhochzeit des letzten Conti

Das Frühstück zog sich bis kurz vor Öffnungszeit der Behörden und diesmal ließ Giovanni seinen nachtschwarzen bulligen Mercedes frei, wie Lea blinzend kommentierte. Sie hatten sämtliche Papiere mehrmals gecheckt und strebten forschen Schrittes den Gang entlang, um alles für die Trauung zu klären. „Antonio können wir immer noch zu Rate ziehen, wenn wir es nicht selber packen", erklärte Giovanni. Sie legten alle Originale vor, ein kurzes Telefonat mit deutschen Behörden, dann gab die Bearbeiterin grünes Licht und den Wunschtermin für die Trauung frei.

Der nächste Weg führte zu einem Hochzeitsausstatter der Extraklasse. „Ich hoffe, du kannst mir verzeihen, wenn ich feste Vorstellungen habe, wie die zukünftige Duchessa Lea Conti zur Trauung schreiten soll", murmelte Giovanni.

„Solange es kein Bikini mit einem Seidenpuschel am Po ist, werde ich nicht intervenieren", blinzelte Lea, ihm mit gutem Gefühl freie Hand lassend.

„Fünf Meter Schleier sind optimal", trug er seinen Wunsch vor, ehe er überhaupt auf das Kleid zu sprechen kam.

Lea verstand nur Bahnhof, weil sich die Besitzerin der Nobelboutique mit Giovanni in zungenbrecherischer Geschwindigkeit unterhielt. Dann öffnete man für sie das Allerheiligste. Lea klappte tatsächlich der Unterkiefer herunter. Für jedes dieser Traumkleider hätte man locker einen Van kaufen können. Zuchtperlen, Swarovski-Kristalle, handgeklöppelte hauchzarte Spitze und verschiedene Edelsteine im Brillantschliff gaben sich die Ehre.

Giovanni bat Lea, sich für einige Augenblicke neben jedes Kleid zu stellen. „Es gibt nur eins, das meine Erwartungen erfüllt", sagte er schließlich auf einen Traum aus weißer Seide zeigend, dessen Oberteil über und über von Blüten aus Diamanten bedeckt war. Der Rock endete in einer meterlangen Schleppe. „Ich möchte, dass der Rock für den Hochzeitstanz mit einem gleich aussehenden ohne Schleppe austauschbar ist. Einen zweiten, am Saum des kürzeren Rocks endenden, Schleier möchte ich auch noch dazu haben. Weiße Schuhe mit fünf Zentimeter Absatz für den Gang zur Trauung und ein Paar Tanzschuhe ganz nach Wunsch meiner Braut."

Lea wurde elektronisch vermessen und am Computer eine Simulation der gewünschten Besonderheiten erstellt. Giovanni zahlte die Bestellung zur Hälfte an. Als Lea den Preis erfuhr, bekam sie fast Schnappatmung.

Giovanni nahm ihre Hand. „Erstens bist du mir dies alles wert und zweitens ist es Geld von einem Sonderkonto, das mein Vater explizit für eine standesgemäße Adelshochzeit eingerichtet hatte. Ich habe es treu gehütet. Den Schmuck, den du tragen wirst, bekommst du erst am

Hochzeitsmorgen zu sehen. Er ist seit Jahrhunderten im Familienbesitz."

Lea blieben die Worte weg. Sie nickte nur stumm mit ungläubig staunendem Blick.

Die Auswahl seines Anzugs, der Seidenweste, des Hemdes und der Schuhe war erheblich schneller erledigt.

„So. Jetzt fehlen uns noch die Mädchen, die deine Schleppe und den Schleier tragen werden", gab er bekannt, aus dem Auto heraus eine Nummer auf dem Handy wählend.

„Zehn?", murmelte er, Lea groß anschauend. Ehe sie überhaupt begriffen hatte, worum es ging, meinte er: „Zehn sind optimal."

„Was zehn?", fragte sie vorsichtig, nachdem das Gespräch beendet war.

„Zehn Mädchen zum Tragen", gab er bekannt. „Ach, nun weiß es übrigens die ganze Contrada. Aber das ist gut so. Mach dich darauf gefasst, dass Zeitungsreporter und Berichterstatter der lokalen Sender erscheinen werden."

„Ruf Antonio und Manuele an, ehe sie es von anderen erfahren", bat Lea, worauf Giovanni von zu Hause aus sofort eine Konferenzschaltung legte. Gerade noch rechtzeitig, ehe der erste Radiosender verbreitete, er habe ein interessantes Gerücht aufgeschnappt, zu dem man recherchieren werde.

„Wir treffen uns 19 Uhr im ‚Mugolone'", versprach Giovanni, weil sich in den Büros der beiden im Hintergrund Telefone heiß klingelten.

Natürlich war Antonios erste und sehr direkte Frage, als sie zusammensaßen: „Musst du sie heiraten?"

Beide nickten mit todernster Miene und Giovanni sagte: „Das ist zwingend erforderlich, ehe einer kommt, und sie mir wegnimmt."

Es dauerte einen Augenblick, bis Antonio begriff, dass er auf eine sehr neugierige Frage eine passende Antwort erhalten hatte.

Manuele grinste vergnügt. „Punkt für das Conti-Team."

„Nein, wir müssen nicht", schmunzelte Giovanni. „Wir wollen."

„Modern? Klassisch?", bohrte Antonio weiter.

„Märchenhaft", erwiderte Lea. „Ich möchte Sie beide gern als Brautführer haben, auf meinem Weg durch die Contrada."

„Versprochen!", riefen beide sofort. „Da ist das Wort märchenhaft genau zutreffend. Wir haben nicht geahnt, dass ihr es so klassisch durchziehen wollt."

„Wir haben ziemlich viele Gründe", sagte Giovanni. „Ich die meinen, sie die ihren, wir die unseren. Geschlossene Türen, die davon träumen, wieder geöffnet zu werden."

„Jetzt wird er philosophisch", stöhnte Antonio. „Aber Signora Chloé dürfte definitiv vor Neid und Wut grün und blau anlaufen."

„Das will ich hoffen!", meinte Giovanni, sehr breit lächelnd. „Die Trauung wird in den Räumen unserer Contrada sein. Die uralten

Banner und Wappen sind genau der richtige Rahmen. Wir werden, auch wenn wir keiner Kirchgemeinde angehören, von da gemeinsam zur Kirche unserer Contrada gehen und für unsere Verstorbenen zwei Kerzen anzünden. Schon, weil es zur alten Tradition gehört. Mario sitzt seit heute Mittag wie die Spinne im Netz und zieht die Fäden. Er wird auch, so sie kommen, für zwei besondere Gäste der Übersetzer und Erklärer des Geschehens sein."

Antonio und Manuele schauten Lea an.

„Richtiger Gedankengang. Es sind meine Eltern. Sie wiederholte, was sie in der Nacht Giovanni berichtet hatte."

„Das schockt mich", gab Manuele zu. „Ich hätte auf Ähnliches wie bei Giovanni getippt. Aber dass man jemanden, wie gerade Sie, praktisch vor die Tür setzt, übersteigt meinen Horizont."

„Ist es eine vermessene Bitte, ob ihr euch alle auf das Du einigen könntet?", wandte sich Giovanni an Lea und seine Freunde.

„Ist es nicht", blinzelte Lea, als sie alle groß anschauten. „Es gibt wirklich einen komischen Beigeschmack, wenn ich, als deine Braut, deine besten Freunde sieze."

Sie erfuhr in den nächsten Minuten detailliert, wie die Märchenhochzeit ablaufen werde. Die Freunde rieben sich die Hände, weil es, neben den beiden Palio des Jahres, das gesellschaftliche Highlight der Stadt werden würde, so sich nicht ein noch besser betuchter Unternehmer zu einer Prunkhochzeit entschlösse. Aber die Chancen dafür standen bei fast null.

Am nächsten Morgen schien die Hochzeit das einzige Gesprächsthema der ganzen Contrada zu sein. Lea brauchte fast die doppelte Zeit, um Besorgungen zu machen, weil sie aller paar Meter angesprochen wurde. Jeder wollte persönliche Worte wechseln und jeder war erfreut, bestätigt zu finden, dass es eine Hochzeit in alter Familientradition der Conti werden sollte.

„Ich dachte schon, ich muss eine Suchmeldung herausgeben", lachte Giovanni, als sie die Stufen herauf eilte.

„Warum hast du mich nicht vorgewarnt?", rief sie schmunzelnd.

„Weil ich dir das Vergnügen in voller Schönheit gönnen wollte. Jetzt ahnst du vielleicht, was an unserem Tag hier los sein wird. Und wenn das Wetter mitspielt, werden hunderte Tagestouristen zusätzlich deinen Weg säumen." Giovanni hauchte Lea einen Kuss auf die Stirn. „Nächsten Mittwoch können wir auch schon unsere Galarobe abholen."

„Ich bin gespannt, ob meine Eltern zusagen", murmelte Lea. „Den Schock des historischen Spektakels gönne ich ihnen von Herzen."

„Wirklich verwundert bin ich jetzt nicht. Seit du Chloé in die Schranken gewiesen hast, weiß ich, dass du eine gewisse brutale Ader hast", stellte er blinzelnd fest. „Ich habe die Einladung heute abgeschickt. Ich bin auch neugierig, ob überhaupt eine Antwort kommt."

„Wenn nicht, werde ich es überleben", winkte Lea ab. „Mich haben hier so viele Leute mit offenen Armen willkommen geheißen, dass ich mich wirklich zu Hause fühle."

In den nächsten Tagen schritten sie gemeinsam immer wieder die Strecke ab, die der Brautzug zurücklegen sollte. Giovanni erklärte ihr jede Station.

Die Bäckersfrau spähte aus der Tür, blinzelte und fragte: „Generalprobe?"

Lea nickte. „Ich hoffe sehr, in der Aufregung keine Fehler zu machen. Aber ich habe ja zwei Brautführer, die rechtzeitig soufflieren werden."

Die Bäckerin hob beide Daumen. „Es wird grandios werden!"

Zehn Tage vor Termin kam ein handschriftlicher Antwortbrief von Leas Vater auf Deutsch und Italienisch: Sehr geehrter Herr Doktor Conti, mit großer Freude haben wir die herzliche Einladung zu Ihrer Hochzeit erhalten. Wir werden kommen, in der Hoffnung, dass uns Lea die Jahre des Schweigens verzeihen kann. Hochachtungsvoll Leopold Minnich. P.S.: Ich bin privat auch per Email erreichbar unter …

Lea las ihn gleich mehrmals. Kopfschüttelnd stellte sie fest: „Da wird aber einer Blut und Wasser geschwitzt haben, als er die Übersetzung zu Papier bringen musste."

„Ich kann es mir vorstellen. Ich musste ja auch vor jedem deutschen Wort überlegen, wie ich die Feder ansetze", verriet Giovanni. „Wir werden uns am Tag vor der Hochzeit auf neutralem Boden mit ihnen treffen, also in meinem Lieblingsrestaurant. In den drei Tagen nach der Hochzeit werden wir sie ein bisschen herumfahren und -führen, damit sie ganz nebenbei mit eigenen Augen sehen können, wie groß die Ländereien sind und welche Firmen mir gehören."

„Und am besten jedes Mal mit einem anderen Auto", lachte Lea.

„Versprochen!", schmunzelte Giovanni. „Und das suchen wir noch dazu jeden Tag live in der Garage aus."

Marcello bekam den Auftrag, am Ankunftstag am Flughafen auf das Ehepaar Minnich zu warten und es ins Grand Hotel Continental Siena zu bringen, einem der gediegensten historischen, aber auch teuersten Häuser der Stadt.

Mutter Klara riss die Augen auf, als sie es betraten. Sie fühlte sich in ein Schloss Ludwig XIV. versetzt, durch die Pracht der Kronleuchter, verzierten Säulen und Deckenmalereien. Angesichts der Preise blieb ihr endgültig der Atem weg. Wenn es sich der Schwiegersohn in spe leisten konnte, Gäste so unterzubringen, schien er nicht unbedeutende Summen im Sparstrumpf zu haben. Das Hotel passte in jeder

Weise zur Art der feudalen Hochzeitseinladung. Vater Leopold schickte eine kurze Mail: Sind vor wenigen Minuten im Hotel angekommen und zutiefst beeindruckt.

„Das hat schon mal die beabsichtigte Wirkung erzielt und sie haben viel Stoff zum Nachdenken", freuten sich Giovanni und Lea.

Lea schrieb die direkte Antwort auf die Mail: Wenn es Ihren Plänen nicht entgegensteht, möchte ich Sie bitten, sich morgen um zwölf Uhr zum Mittagessen im Familienkreis im Restaurant ‚Mugolone' einzufinden. Sie werden dort auch weitere Informationen zur Feier erhalten.

Die Zusage kam sofort.

„Ich möchte fast wetten, dass sie noch heute Abend hierher spazieren, um ganz unauffällig zu schauen, ob es das Haus Conti wirklich gibt", blinzelte Lea.

„Ich bin sicher, du würdest gewinnen", bestätigte Giovanni.

Genau so war es auch. Mutter Klara erspähte das Wappen an der Fassade als Erste, da musste sie nicht einmal nach der Hausnummer suchen.

„Tatsächlich ältester Adel, auch wenn es den offiziell nicht mehr gibt", murmelte Vater Leopold. „Ich bin auf morgen Mittag gespannt. Vor allem darauf, welcher Jahrgang unser zukünftiger Schwiegersohn sein wird. Bei dem finanziellen Hintergrund schwebt mir etwas vor, dass unsere Generation sein könnte."

„Da sind wir schon zwei! Was heißt schon offiziell! Ich bin auch neugierig, wer uns morgen gegenüber stehen wird." Mutter Klara fotografierte die Häuserfront im Abendlicht.

Giovanni und Lea checkten den Wetterbericht. Die Hochwetterlage sollte noch ein paar Tage stabil bleiben. Es war mit etwa 16 Grad Celsius Tagestemperatur zu rechnen.

„Du wirst dich erkälten", murmelte Giovanni besorgt.

„Nicht, wenn du mir eine winzige Änderung an meiner Robe gestattest", erklärte Lea. Sie nahm eine schneeweiße gestrickte Stola aus dem Schrank. „Die dürfte die Gesamtoptik nicht wirklich beeinträchtigen."

Giovanni nahm das lange, breite Kunstwerk entgegen. „Hm, warm fühlt es sich schon mal an. Komm, wir probieren es aus!" Er lief zum Ankleidezimmer, wo das Brautkleid auf einem Ständer hing. Er legte zuerst der Schneiderpuppe die Stola um, dann Lea und schaute ganz genau nach, welche Brust-, Rückenpartien und wie die Arme bedeckt waren. „Perfekt. Die wirst du auf jeden Fall tragen, selbst wenn es dir vor Aufregung siedendheiß werden sollte. Versprich es mir!"

Lea nickte. „Ich verspreche es! Was ziehen wir morgen zum Essen an?"

„Geschäftsmäßig elegant, wäre mein Plan", schlug Giovanni vor. „Spielen wir ruhig ein bisschen auf unnahbar. Natürlich nur, solange du das durchhältst. Ich werde nicht bremsen, wenn ihr euch sofort versöhnen wollt."

„Gut zu wissen. Das macht es mir leichter, die Kühle zu mimen", gab Lea bekannt.

„Ein bisschen Strafe muss schon sein", meinte auch Giovanni. „Ich schreibe jetzt erst mal meinen Geschäftsführern eine Mail, dass am Tag unserer Trauung für alle Mitarbeiter bezahlt arbeitsfrei ist."

„Was sagt die Wetterapp?", fragte Lea am nächsten Morgen, weil der Himmel bedeckt war, worauf Giovanni verkündete: „Heute könnte es nieseln, morgen soll es trocken bleiben und 17 Grad Celsius warm werden."

Der kurze Schauer zog am späten Vormittag durch, sodass sie ohne Schirm das Haus verlassen konnten, um sich mit Leas Eltern zum Essen zu treffen. Giovanni reichte Lea den Arm, und führte sie in gemütlichem Spazierschritt die Straße hinunter. Sie wurden von überall gegrüßt, grüßten fröhlich zurück und erreichten schließlich das Restaurant, vor dem schon Klara und Leopold warteten, die ihnen neugierig entgegen schauten. Als die Gesichter zu erkennen waren, wirkten die Minnichs deutlich überrascht, einen gut aussehenden Herrn neben Lea zu sehen, der sicher kaum älter war, als ihre Tochter.

Lea übernahm es, alle einander vorzustellen: „Herr Doktor Giovanni Conti, mein Partner, Frau Doktor Klara Minnich, meine Mutter, Herr Doktor Leopold Minnich, mein Vater. Ich möchte euch bitten, ausschließlich Englisch zu sprechen, da Giovanni kein Deutsch versteht."

Augenblicke später saßen sie am Tisch und Giovanni dankte ihnen, dass sie seinen Einladungen gefolgt seien, denn daran habe ihm sehr viel gelegen. Wie er Leas Hand streichelte, sagte ohne Worte alles, warum. „Und ich möchte proforma die Gelegenheit nutzen, offiziell um Leas Hand zu bitten."

Dieser geschickte Schachzug sorgte dafür, dass ein kleiner Anfang für eine Unterhaltung da war. Leopold war dankbar, dass Giovanni ganz bewusst die Situation entspannte, und sagte lächelnd: „Ja, Sie dürfen meine Tochter haben!"

Klara nickte erfreut.

Sie bestellten ihr Menüs und Giovanni zog den als Flyer gestalteten Ablaufplan der Zeremonien aus dem Sakko. „Unser großer Tag wird etwas anders ablaufen, als Sie es aus Deutschland kennen", erörterte er, als er das Faltblatt an Leas Vater übergab. „Sie werden um neun Uhr von einem persönlichen Übersetzer, Berater und Geschichtsgenie abgeholt. Der Mann heißt Mario Rosso und ist ein emeritierter Fremdenführer aus unserer Contrada. Er wird Ihnen helfen, sämtliche Klippen elegant zu umschiffen. Wir werden alle gemeinsam in den Räumen der Contrada del Drago auf das Erscheinen der Braut warten. Dort dürfen Sie, wenn Sie das möchten, sie gern von den Brautführern in Empfang nehmen und, wie bei anderen Hochzeiten, die letzten Schritte direkt zur Eheschließung führen. Das ist auch die einzige kleine Änderung, die zum geplanten Ablauf zulässig ist. Alles andere finden Sie auf dem Papier. Herr Rosso wird Ihnen bis in die Nacht als dienstbarer Geist und Souffleur zu Verfügung stehen."

Das Essen kam.

„Am Tag nach der Trauung, würden wir Sie gern morgens nach dem Frühstück im Hotel abholen und Sie auf meinen Lieblingsweinberg entführen. Sagen wir neun Uhr? Ziehen Sie am besten Schuhe an, in denen Sie gut laufen können. Aber Sie haben sicher schon gestern bei Ankunft bemerkt, dass man hier nur mit stabilem Schuhwerk den vollen Genuss am Geschehen haben kann."

„Neun Uhr ist eine gute Zeit. Wir sind auch nach Feierlichkeiten Frühaufsteher. Und, ich gebe es gern zu: Überaus neugierig geworden", fügte Klara hinzu.

„Das hier ist übrigens unser Lieblingsrestaurant, weil keine Wünsche offenbleiben und der Preis bezahlbar ist", verriet Lea. „Wenn Ihr lieber hier, statt im Hotel, zu Abend essen wollt, solltet ihr aber reservieren lassen. Es ist immer sehr gut besucht."

Wie zur Bestätigung kam eine Gruppe Geschäftsleute herein, die sich um mehrere Tische verteilte.

Die Eltern stimmten sich ab und Lea bat den Kellner, der soeben den Nachtisch brachte, für den Abend einen Zweiertisch auf den Namen Minnich zu reservieren. Dass sie dies fließend Italienisch tat, veranlasste Leopold zu der Frage: „Seit wann lebst du hier?"

„Ein halbes Jahr", gab Lea Auskunft.

Giovanni nickte. „Ja, es sind wirklich nur wenige Monate. Sie ist ein Sprachgenie."

Lea lachte herzlich. „Ich liebe meine neue Heimat sehr und es würde mich arg an der Ehre kratzen, könnte ich mich nicht verständlich machen. Es gibt nichts Schlimmeres, als bei geschäftlichen Treffen, wo es um Nuancen bei Worten geht, ständig auf einen Übersetzer angewiesen zu sein. Giovanni kann sich nicht auch noch mit meinem Kram befassen. Ich bitte oft genug um Rat, weil ich die Gesetze nicht im Detail verstehe. Aber für das Diffizile gibt es Doktor Antonio Carrara, unseren Rechtsanwalt. Der weiß immer Rat, auch meine Lieferverträge bestmöglich abzusichern. Er hat meinen ganzen Umzug und die Ummeldungen privat und geschäftlich gemanagt."

„Wie habt ihr euch kennengelernt?", fragte Klara.

„Durch einen Zufall, weil es mich wegen eines Liefervertrages her verschlagen hatte", erwiderte Lea. „Der erwartete Geschäftsmann hat mich versetzt, dafür habe ich die Liebe meines Lebens getroffen. Wir sind über das Geschäftliche schnell handelseinig gewesen und so eines Tages auf das Private gekommen."

Leas diplomatisches Geschick, alles und trotzdem nichts gesagt zu haben, amüsierte Giovanni. „Wein oder Champagner?", fragte er, als der Kellner wegen weiterer Wünsche vorbeischaute.

„Champagner", bat Leopold, „obwohl der Wein ein außerordentlich edler Tropfen war."

„Ich muss mir den Wein für heute Abend merken", murmelte Klara, schnell das Etikett mit dem Handy fotografierend.

„Tu das!", schmunzelte Lea. „Der stammt von Giovannis Gütern."

Das entzückte: „Ohhh!", quittierte Giovanni mit einem zu Herzen gehenden Lächeln.

Auf dem Weg zum Hotel stellte Klara hoch zufrieden fest: „Er ist ein absolut netter Typ, bei dem wohl jede gern Schwiegermutter werden würde."

„Und ich habe ein so mieses Gewissen, dass wir immer versucht haben, Lea in eine Form zu pressen, die ihr zutiefst widerstrebte", seufzte Leopold.

„Den Dickschädel hat sie eindeutig von dir", stellte Klara mit Nachdruck fest. „Was sich nun wirklich nicht als Nachteil herausstellt. Du bist ja auch mit dem Kopf durch die Wand gegangen, um gegen deinen Vater so einiges durchzusetzen", fügte sie hinzu, sollte er das völlig ausgeblendet haben. „Ich habe zudem das

Gefühl, dass sie es uns nicht nachträgt. Giovanni scheint bestens informiert zu sein und ihm liegt deutlich spürbar viel daran, die losen Familienbande zu straffen. Ach, ich freue mich auf morgen!"

Der Hochzeitsmorgen begann für das Brautpaar sehr zeitig. Sie duschten, frühstückten, dann ging Giovanni in sein Büro. Als er nach wenigen Augenblicken wiederkam, trug er einen würfelförmigen kunstvoll geschnitzten Kasten mit einer Kantenlänge von etwa 20 Zentimetern in der Hand. „Ein Geschenk für die wundervollste Frau, die es überhaupt geben kann", strahlte er, mit einem altertümlichen Schlüssel die Box öffnend. Mit aufgeklapptem Deckel stellte er sie vor Lea auf den Tisch.

„Oh, mein Gott!" Lea legte beide Hände an ihre Wangen. Auf blutrotem Samt ruhte eine goldene Tiara mit riesigen funkelnden Edelsteinen. „Smaragde?", fragte sie zweifelnd.

„Ja. Smaragde", bestätigte Giovanni, das Kleinod mit dem Samtkissen heraushebend. Darunter kam ein weiteres Fach zum Vorschein, dem er Ohrgehänge, ein massives Collier und ein breites Armband mit genau den gleichen funkelnden Steinen entnahm. „Jede Braut in direkter Linie meines Stammbaumes hat es seit dem 16. Jahrhundert getragen und allen hat es Glück in der Ehe gebracht. Deshalb ist es auch stets im Familienbesitz geblieben. Heute wirst du es tragen, damit die Liebe für immer in diesen alten Mauern wohnt."

Lea fiel Giovanni mit Dankestränen um den Hals. Diese Morgengabe hatte einen schier unermesslichen Wert. So etwas sah man sonst nur im Museum hinter dickem Panzerglas und mit Alarmanlagen gesichert.

Der Friseur, der Lea stylen sollte, war sich seiner großen Aufgabe durchaus bewusst und auch, dass die Fernsehsender über alles berichten würden, was irgendwie mit der glücklichen Braut zusammenhing. Er war später beim Hochzeitstanz für das Wechseln der Schleier verantwortlich, denn die Tiara musste wieder sitzen, wie zum Beginn der Feierlichkeiten.

Als Lea vollständig angekleidet war, kamen Antonio und Manuele mit den Mädchen herein, um das Tragen von Schleier und Schleppe zu proben. Giovanni verließ das Haus über den Geheimgang. Antonio hatte die Schlüsselgewalt.

Manuele schaute auf die Uhr. „Bereit?"

„Bereit!", sagte Lea mit fester Stimme, worauf die zehn Mädchen gekonnt Schleppe und Schleier aufnahmen. Manuele reichte Lea die Hand, um sie ganz sicher die Treppe hinab zu geleiten. Als er die Haustür öffnete, begann Leas Herz vor Aufregung zu rasen. Ihren Weg säumte die ganze Nachbarschaft in historischen Kostümen, die zudem ihre Häuser festlich geschmückt hatte. Alle lächelten, Lea lächelte glücklich zurück und die Furcht, Fehler zu machen, wich der Freude, so etwas Grandioses erleben zu dürfen. Antonio und Manuele gingen auf beiden Seiten zwei Meter vor ihr her, um den Weg freizumachen. Alle reckten die Hälse, um einen Blick auf das prunkvolle Gewand und das Smaragdgeschmeide zu werfen. Lea fing immer wieder Satzfetzen auf, weil einige versuchten, den Wert des Schmucks zu schätzen. Als sie eine Gruppe deutscher Touristen passierte, hörte sie in reinstem Sächsisch: „Oar! Gucke ma! Eeene Schlebbe ohne Ende! Das Kleed und der Schmugg sähn aus, wie aus'm ollen August sei'm Grün' Gewölbe!" Lea lächelte vergnügt, worauf eine zweite Stimme sagte: „Wie se lacht, hat se das vorstandn!"

Mit unzähligen Neugierigen im Gefolge, und unter nicht endendem Blitzlichtgewitter, erreichte Lea den Platz vor dem Haus der Drachen-Contrada.

Bei den Minnichs war der Morgen ziemlich hektisch verlaufen. Klara hatte immer wieder auf den Zeitplan geschaut und überlegt, was das wohl alles bedeuten mochte.

„Beruhige dich, in einer Viertelstunde kommt Herr Rosso, der wird uns schon aufklären", rief Leopold. „Zieh lieber ein Paar flachere Schuhe an, damit du dir nicht noch die Füße brichst!"

„Hast ja recht!" Klara stellte zum fünften Mal andere Schuhe bereit.

Pünktlich auf die Minute trat ein älterer Herr ins Foyer, gekleidet in historische Gewänder.

„Frau und Herr Minnich?", fragte er und wurde überaus freudig begrüßt.

„Ich bin Mario Rosso, Ihr Führer durch den Dschungel der mittelalterlichen Rituale", sagte er in perfektem Deutsch. „Gehen wir langsam los, damit ich Ihnen noch ein wenig historisches Hintergrundwissen vermitteln kann, ohne das sie etwas hilflos wären."

Natürlich begann er bei den Contraden, damit die Minnichs überhaupt eine Vorstellung hatten, was sie zu sehen bekämen. Dann sprach er über die Familie Conti und ließ selbstverständlich nicht aus, in welcher Art sich Giovanni, als der letzte Duca und der letzte Conti seiner Linie, um das Wohl der Contrada verdient machte. Die Tradition des Palio erklärte er sofort anschließend. Leopold erinnerte sich, zwei Filme gesehen zu haben, wo die Pferderennen Teil der Szenerie gewesen waren.

Klara bekam tellergroße Augen, beim Anblick der unzähligen Reporter und Schaulustigen in ihren historischen Gewändern, als sie um die Ecke zum Haus der Contrada bogen.

„Hier, auf der Treppe werden wir auf das Erscheinen der Braut warten. Sie wird von da kommen, wo sich die Menschen dicht an dicht drängen", erklärte er. „Der Bräutigam wird seine Liebste drinnen erwarten. Wenn Sie möchten, Herr Minnich, können Sie Lea vom oberen Podest bis zum Traualtar führen. Die beiden Brautführer, schließen sich dann Giovanni an."

„Das werde ich auf jeden Fall tun!", beeilte sich Leopold, zu sagen, während Klara erfreut nickte.

„Oh, ich glaube, wir werden nicht mehr lange warten müssen", erklärte Mario, weil einige Touristen mit gezückten Fotoapparaten den Reportern nacheilten, um das ultimative Foto schießen zu können. Ein junger Mann der Contrada filmte vom Fenster aus für das Familienarchiv der Contis.

„Sie werden sicher eine Kopie des Films bekommen", sagte Mario.

Die Massen bewegten sich Richtung Vorplatz und dann erschien, majestätisch wie eine Königin daher schreitend, Lea in ihrem strahlend weißen Prunkgewand, gefolgt von ihren hilfreichen Brautjungfern. Mehrere Bläser stießen in die Fanfaren, um das Eintreffen der Braut zu verkünden. Fahnenwerfer zeigten ihre Kunst.

„Der linke Herr ist Doktor Manuele Ricci, der Hausarzt des Paares. Der rechte Herr ist Doktor Antonio Carrara, der Rechtsanwalt. Beide sind die engsten Freunde Giovannis und Leas."

„Was für ein Auftritt! Oh, mein Gott, ist das aufregend!", wisperte Klara.

Die beiden Brautführer reichten Lea die Arme, um sie sicher die Treppe hinauf zu geleiten. Sie strahlte so glücklich, dass Klara schon jetzt ganz feuchte Augen bekam. Ein kurzes Nicken von Mario, dann schritten die beiden Brautführer weiter und Leopold nahm den Arm seiner wunderschönen Tochter.

Lea glaubte zu träumen, als ihr Giovanni in einem prunkvollen Herzogsgewand aus dem 16. Jahrhundert entgegentrat. Dass die breiten juwelenbesetzten Goldketten echt und Jahrhunderte alt waren, war offensichtlich. Das Schwert in der edelsteingeschmückten Scheide schien noch viel älter zu sein. Und auch die Steine verrieten, dass sie aus einer längst vergangenen Zeit stammten. Sie waren nur in ihrer Urform als Cabochon poliert und eingefasst worden. Keiner war kleiner als ein Taubenei.

Als sich Giovanni und Lea das Ja-Wort gaben, zückte nicht nur Klara ihr Taschentuch. Der Kuss fiel so sinnlich aus, dass mehrere Gäste einen ganz verträumten Blick aufsetzten. Der begehrteste Junggeselle der Stadt war im Hafen der Ehe angekommen.

Der Herr der Weinberge

Jubel schallte ihnen entgegen, als sie sich im Blitzlichtgewitter Hand in Hand auf dem Podest der Außentreppe im ersten Stock zeigten.

„Und jeder weiß, bei diesem Pomp, dass es eine Heirat aus reiner Liebe gewesen ist", strahlte Mario. Er fügte auf Klaras fragenden Blick hinzu: „Bei etwas aus Vernunfts- und Wirtschaftsgründen Arrangiertem, hätte er es weder für nötig befunden, die ganze Contrada in Ausnahmezustand zu versetzen, noch sich im wertvollsten Staat zu zeigen, den seine Schatzkammer hergibt. Geschweige denn hätte er den uralten Familienschmuck als Morgengabe verschenkt."

„Er hat ihn ihr geschenkt?", fragte Klara völlig perplex.

„Ja, denn bei den Herzögen der Conti gilt, was die Braut am Tag der Trauung trägt, hat sie als Morgengabe geschenkt bekommen. Und ich bin sicher, die klaren Steine auf dem Kleid sind keine Swarovski-Kristalle. Oder ich dürfte Giovanni nicht kennen."

„Davon kannst du locker einen Van kaufen", schätzte Leopold.

Plötzlich drängten sich eine größere Gruppe mit künstlichem Weinlaub bekränzter Personen nach vorn, mit weißen Gewändern, wie griechische Götter bekleidet. Sie stimmten einen

Kanon auf das junge Paar an. Giovanni und Lea winkten ihnen fröhlich lachend zu.

„Das sind einige Arbeiter von Giovannis Weingut mit ihren Familien. Sie haben, anlässlich seiner Hochzeit, heute einen bezahlten freien Tag bekommen", erklärte Mario hoch erfreut. „Und jene, deren Arbeit nicht ruhen kann, erhalten Feiertagsgeld. Ahhh! Und die Herrschaften in Gewandung, die jetzt gerade im Sturmschritt um die Ecke kommen, sind der Bürgermeister und seine Gattin! Er kommt von einer Ratssitzung, die sich nicht verschieben ließ. Eine Stimmung, fast wie beim Palio!", rief Mario begeistert.

Das Bürgermeisterpaar beglückwünschte die frisch Vermählten, ehe sie herzlich Leas Eltern begrüßten und ihnen viel Spaß in ihrer Stadt wünschten.

„Mario ist ein wandelndes Lexikon und das Who is who auf zwei Beinen, wenn es um unsere alten Adelsgeschlechter geht", verriet der Bürgermeister, auch ihm die Hand reichend.

Die Kirche suchten Giovanni und Lea allein auf, sie wunderten sich aber kein bisschen, dass es einer der Fotografen irgendwie geschafft hatte, vor ihnen hinein zu kommen und sich hinter einer Säule zu verbergen. Sie hörten auch nur den Verschluss der Linse klicken, ohne den Mann zu sehen. Giovanni musste Hand an die Schleppe legen, die sich, bar jeder Hilfe an einer Bank verhakte.

„Keine Sorge, es ist kein Schaden entstanden",
flüsterte er.

„Danke, Schatz", hauchte Lea.

Vor der Tür übernahmen wieder die Mädchen
ihr Amt, Schleppe und Schleier zu tragen. Bis
zum Umkleidezimmer des Saals, wo die eigent-
liche Feier stattfinden werde. Sie bekamen als
Dankeschön Überraschungspakete und natürlich
Mittagessen ganz nach Wunsch aus der Karte,
ehe sie nach Hause gingen.

Als alle ihre Plätze an der hufeisenförmigen
Tafel im Saal eingenommen hatten, erschienen
auch Lea und Giovanni wieder. Er jetzt im
schwarzen Anzug, sie mit kürzerem Schleier,
anderem Rock zum Kleid und Tanzschuhen.
Giovannis historische Tracht wurde inzwischen
im Safe des Hotels aufbewahrt.

Er dankte allen mit bewegten Worten für die
vielen Glückwünsche, eröffnete die Feier und
ließ das Sieben-Gänge-Menü auftragen, wobei
Schalen mit zusätzlichen Beilagen herbeige-
bracht wurden, damit jeder nach seinem
Befinden komplettieren konnte. Der Schaum-
wein nach Art der Champagnergärung zum
Anstoßen und die Weine zum Essen kamen ausschließlich aus seinen Weinbergen.

Klara, die neben ihrer Tochter saß, bestaunte
immer wieder den unermesslich wertvollen
Schmuck und die Edelsteinblüten auf dem
Brautkleid.

Antonio musste wohl bezüglich des Kleides eine Frage gestellt haben, die alle auf den Nägeln brannte.

Giovannis Antwort übersetzte Mario flüsternd für die Minnichs: „Es gibt ein Zertifikat mit der Anzahl und der Karatzahl. Die Anzahl hat er nachgeprüft." Und er fügte blinzelnd hinzu: „Damit haben wir die Bestätigung, dass es Diamanten sind."

„Märchenhaft. Einfach märchenhaft", murmelte Leopold.

Bevor eine kleine Kapelle live zum Tanz aufspielte, machten sich die Herren der Contrada den Spaß, dem Hochzeitspaar einen Spielmann in Gewandung zu schicken, der auf einer Zanfona, einer Drehorgel, Musik des 16. Jahrhunderts darbot.

Giovanni blinzelte Lea verschwörerisch zu, und sie improvisierten unter dem Beifall der Zuschauer einen Schreittanz zur Melodie. Am Ende bekam der Spielmann seinen Lohn, wie es sich gehörte, dann lagen sich Giovanni und Lea lachend in den Armen. „Wenn ihr uns ratlos sehen wollt, müsst ihr früher aufstehen", schmunzelte Giovanni.

„Das sehe ich auch so", grinste Manuele.

Als der große Tanz begann, war Lea froh, noch schnell dünne Gelsohlen in die Schuhe gesteckt zu haben, denn sie kam einfach nicht zum Ausruhen. Jeder Herr stand Schlange, um mit der hübschen Frau Conti eine Runde zu drehen. Nach einer kurzen Pause für die Musiker, fühlte Mario, wie ihm jemand auf die Schulter tippte. Neugierig schaute er sich um. „Lea!"

Sie blinzelte vergnügt. „Denken Sie nicht, dass Sie unbemerkt davonkommen. Sie sind mein nächstes Tanzopfer."

„Oh je! Aber bitte nicht so was Schnelles!", schmunzelte Mario.

„Das sagt ausgerechnet der rüstigste Rentner der ganzen Contrada!", rief Giovanni und flüsterte mit den Musikern.

Als Mario mit Lea Aufstellung nahm und die ersten Takte hörte, riss er überrascht die Augen auf.

„Tango?", staunte Lea. „Das kommt davon, wenn jemand sein Licht unter den Scheffel stellen will. Da müssen wir jetzt durch."

Natürlich wurden sie bejubelt, weil sie nicht gekniffen hatten.

„Ich dachte schon, wir verheddern uns im langen Rock und messen den Tanzsaal aus!", lachte Lea, als sie sich wieder in Giovannis Armen zur Musik wiegte.

Gegen Mitternacht endete die rauschende Feier. Das Hochzeitspaar hatte Marcello fest gebucht. Der gratulierte überschwänglich und lud unter Giovannis Adlerblick Kostüme, Schmuck und Blumensträuße in den Kofferraum. Zu Hause half er beim Tragen, während Lea das offene Taxi bewachte. Giovanni zahlte, nahm Lea auf die Arme und trug sie in die Wohnung.

Als er sie absetzte, hielt er sie weiter fest umschlungen, als wolle er sie nie mehr loslassen. „Mein geliebter Schatz", flüsterte er. „Bitte lege das Collier nach dem Duschen wieder an. Ich brauche das heute."

„Ich werde es nicht vergessen", versprach Lea.

Giovanni schaltete die Alarmanlagen scharf, um die Hochzeitsnacht ungestört genießen zu können. Lea löste indes die Tiara mitsamt Schleier vorsichtig aus dem kunstvoll hochgesteckten Haar. Sie setzte sie sofort auf das Samtpolster. Ohrringe und Armband legte sie vorerst am Boden des Kastens ab. Das Rock-Teil des Brautkleids abzuknöpfen, gelang ihr allein, dann brauchte sie Giovannis Hilfe, den langen Reißverschluss der Korsage des Kleides zu öffnen.

Er kam auch sofort heran. „Oho!" Er begutachtete sehr interessiert, die silberweißen halterlosen Strümpfe und das himmelblaue Strumpfband, wovon er nichts geahnt hatte. „Ich glaube, das Duschen müssen wir verschieben. Das fällt sonst unter seelische Grausamkeit." Seine streichelnden Hände huschten über ihren Körper, berührten die Smaragde. Sein glückliches Lächeln stand dem von Lea in nichts nach.

Selbst auch nur halb ausgezogen, nahm er sie rittlings auf den Schoß, weil er vor wild aufschießender Lust nicht länger warten wollte.

Kurz, heftig und für beide sehr erfüllend. „Hatte ich erwähnt, dass ich glücklich bin?", blinzelte er.

„Frag mal, wer noch", schmunzelte Lea, sich zum Duschen fertig machend. Sie legte das Collier auf das Nachtschränkchen.

Giovanni nutzte die Gelegenheit, den festen Sitz der Edelsteine an allen Schmuckstücken zu kontrollieren. Sie hatten den langen Tag unbeschadet überstanden. Das sagte er auch sofort Lea, als sie aus dem Bad kam. Sie hatte sich Sorgen gemacht, weil besonders das Armband durch die vielen Bewegungen strapaziert worden war.

„Das ist noch echte Wertarbeit für die Ewigkeit", freute sie sich.

Giovanni hauchte ihr einen Kuss auf die Lippen und beeilte sich sehr bei der Körperpflege. Er würde es nicht übers Herz bringen, sie zu wecken, schliefe sie inzwischen ein.

Lea hatte die Nachttischlampe angeschaltet und drehte die Tiara im Lichtschein hin und her, sodass die Smaragde funkelten und grüne Lichtreflexe über die Wände huschten. „Ein herrliches Kunstwerk, dessen sanftes Strahlen die Seele streichelt", seufzte sie.

Giovanni lächelte still, mit dem guten Gefühl, die richtige Entscheidung getroffen zu haben, Lea genau diesen Familienschmuck zu schenken. Sie war die Eine. Das spürte er jeden Tag.

Lea klappte den Deckel zu, nachdem sie das Kleinod vorsichtig auf dem Samt abgelegt hatte. Wie versprochen, trug sie das Collier auf der Haut, was Giovanni mit besonderer Freude erfüllte. Das zärtliche Kuscheln gipfelte rasch im nächsten Liebesakt, ehe sie eng aneinandergeschmiegt einschliefen.

Giovanni hatte den Wecker so gestellt, dass genug Zeit blieb, den Tag mit dem zu beginnen, womit der Abend geendet hatte. „Alles meins", flüsterte er, Leas heiße Haut küssend. Später, beim Anziehen, fiel sein Blick auf das Brautkleid über der Stuhllehne. „Ach herrje! Ich habe vergessen, dass in einer halben Stunde die Gewänder zur Reinigung abgeholt werden!"

„Dann aber schnell!", erschreckte sich Lea. „Was ist zu tun?"

„Wir müssen die Kleidung zusammenlegen und in die große schwarze Box im Treppenhaus packen", erklärte Giovanni, schnell die Taschen seines Prunkgewandes kontrollierend.

Lea legte die Schleier lose zusammen und auch das gesamte Kleiderzubehör. Sie musste zwei Mal gehen, weil der Rock mit der Schleppe ziemlich voluminös war. Dessen Reinigung würde sicher sehr diffizil werden, weil sie ohne ihre hilfreichen Mädchen sowohl die Straße als auch diverse Fußböden unfreiwillig damit gefegt hatte. Das ganze Ausmaß war erst jetzt zu sehen. Kaum hatten sie den Deckel verriegelt, klingelte es. Giovanni übergab die Stückliste, unterschrieb die Papiere und der kleine Container wurde in das gepanzerte Fahrzeug gebracht.

„In einer halben Stunde müssen wir schon losgehen", stöhnte Giovanni.

„Du schließt die Juwelen weg, ich bereite das Frühstück vor." Lea eilte die Treppe hinauf.

Giovanni folgte ihr, um die Schmuckboxen zu holen. Sein Schwert gürtete er sich der Einfachheit halber um, damit er nur ein Mal gehen musste. Die beiden schweren Panzertüren im Keller öffnete er mit einer Kombination aus Fingerprint und Codezahlen. Auch die Tür des Panzerschranks hatte ein ähnliches System. Er stellte die Boxen an den angestammten Platz, legte das Schwert auf eine samtbezogene Unterlage, dann verriegelte er sofort wieder alle Türen.

Oben war Lea gerade dabei, den Espresso in die Tassen zu füllen. „Zwanzig Minuten sollten reichen, um satt zu werden und noch einmal zur Toilette zu gehen", verkündete sie mit Blick auf die Uhr. „Die Blumensträuße haben Wasser und im Treppenhaus stören sie erst mal nicht." Sie hatte nur ihren Brautstrauß in den Salon getragen.

„Warum hast du ihn gestern nicht geworfen, um die nächste Braut herauszufinden?", fragte Giovanni.

„Weil ich ihn in die Familiengruft zu deinen Eltern bringen möchte", sagte Lea leise.

„Das machen wir morgen, gleich nach dem Frühstück", bot Giovanni angenehm überrascht an.

„Ja, das wäre schön." Lea lächelte melancholisch.

Ein paar Minuten später waren sie bereits im Geheimgang zur Garage unterwegs.

„Welches Auto nehmen wir heute?", blinzelte Giovanni.

„Deinen Lieblingsmaserati", legte Lea fest.

Giovanni schmunzelte: „Sehr gut, dann sind wir steigerungsfähig!"

Pünktlich auf die Minute fuhren sie am Hotel vor und wurden freudig begrüßt.

„Oh, Maserati", murmelte Leopold.

Lea und Giovanni blinzelten sich kaum merklich zu. Leas Eltern mussten wohl heiß diskutiert haben, mit welcher Automarke das junge Paar erscheinen werde.

„Der heutige Tag steht ganz im Zeichen der Reben", erklärte Giovanni, als sie die Stadt verließen. „Ich habe meinen Kellermeister instruiert, eine Führung und Verkostung zu den edelsten Weinen aus unseren Trauben vorzubereiten. Das sind jene Fasskeller, welche die Tagestouristen nie zu sehen bekommen."

Lea nahm den Faden auf. „Im Regelfall kommen ein oder zwei große Reisebusse pro Tag an, die an den Führungen teilnehmen und hinterher vielfältige kulinarische Spezialitäten aus der Region direkt in der großen Villa auf dem Weinberg serviert bekommen. Wir haben uns gedacht, dass wir dort zu Mittag essen, den Nachmittag in Siena verbringen, wo ich euch einige wundervolle Ecken zeigen werde und das Abendbrot bei uns zu Hause einnehmen. Für morgen Abend, als fester Eckpunkt, wollen wir euch in die *enoteca* in der Medici-Festung entführen. Es wird also auch weiterhin weinhaltig bleiben, weil der Wein nun mal Giovannis Metier ist."

„Und hier beginnen schon meine Ländereien", erklärte Giovanni, nach links vorn zeigend, wo sich Reihe um Reihe Weinreben über einen sanften Hügel zogen, der gar kein Ende zu nehmen schien. Einige Fahrminuten später sagte er: „Da oben, die weiße Villa, ist unser Ziel. Sie liegt etwa im Zentrum dieses Weinbergs."

„Ist das eine herrliche Zypressenallee!", schwärmte Klara.

Leopold staunte stumm. Die prunkvolle Hochzeit hatte seine Fantasie völlig überfordert und heute bekam er die Bestätigung, dass sein Schwiegersohn mit Zahlen jonglierte, die wirklich jenseits seiner Vorstellungskraft lagen. Da mischte sich historischer perfekt mit Geldadel in einer Person. Lea hatte einen Zipfel Glück in die Hand bekommen, nicht mehr losgelassen und lebte nun einen Traum, der für andere immer einer bleiben musste. Giovanni behandelte sie wie eine Königin. Das hatte sogar Herr Rosso bestätigt, der beiden von Herzen zugetan war.

„Il capo è qui!" (Der Chef ist da!), rief jemand ins Haus, als sie zu den Parkplätzen fuhren. Alle Angestellten kamen herbei geeilt, bildeten einen großen Halbkreis und riefen im Chor: „Congratulazioni!" (Herzlichen Glückwunsch!)

Lea und Giovanni dankten vergnügt lachend, dann wurden auch Leas Eltern freudig begrüßt. Und schon waren die Gratulanten wieder bei der Arbeit.

Rosalia war stehengeblieben. „Wir haben heute noch einen zusätzlichen Reisebus avisiert bekommen."

„Braucht ihr Hilfe?", fragte Giovanni besorgt.

„Nein, ich dachte, nur weil Sie doch heute privat reserviert haben ..."

„Kein Problem. Dann sehen Leas Eltern, wie gut die Geschäfte laufen", blinzelte Giovanni.

Rosanna nickte erfreut und eilte ins Haus.

Lea schaute fragend, weil sie ihren Namen vernommen hatte. Er erklärte die Sache mit dem Bus, und dass Rosalia signalisiert hatte, gut gewappnet zu sein. „Wir werden also jetzt gleich hinunter gehen, damit mein Kellermeister zwischendurch auch mal aufatmen kann", legte er fest. Auf dem Weg zur Kellerei bestätigte er Leopolds Vermutung, dass der Weinberg weiträumig untertunnelt worden war, denn in den sichtbaren Gebäuden konnte kaum eine Großproduktion laufen. „Das ist nur Schauwinzern für die Touristen. Da kommen aber einige Liter zusammen."

Dass *einige Liter* stark untertrieben war, merkten die Gäste schnell.

„Bei der Lese haben wir meist Studenten als Helfer, Praktikanten von Schulen, aber auch Leute aus den umliegenden Dörfern, die sich ein Handgeld verdienen wollen", erzählte Giovanni. „Die angebauten Sorten reifen zu unterschiedlichen Zeiten, sodass wir kontinuierlich arbeiten können. Für den Verzehr als Trauben haben wir auch ein Areal. Das Gros wird aber zu Saft, Wein und Sekt verarbeitet."

„Wenn du möchtest, fahre ich auf dem Heimweg", bot Lea an. „Da musst du jetzt nicht ständig Menge und Zeit im Auge behalten. Gönn dir auch mal eine Auszeit."

„Danke, Schatz, das ist lieb von dir", strahlte Giovanni, ihr sofort die Codecard des Autos gebend.

„Hier sind die Strafen für Fahren unter Alkoholeinfluss horrend", erklärte Lea ihren Eltern, sich ausschließlich an den alkoholfreien Saft haltend.

„Du fährst auch den schnellen Boliden?", staunte Leopold.

„Hin und wieder", bestätigte Lea. „Auf den engen Straßen der Altstadt ist aber mein Golf manchmal schon fast zu breit. Da gibt es eine Passage, da muss ich die Spiegel einklappen, um nicht die Häuserwände zu touchieren."

„Ich habe Leas kleinen Flitzer schnell schätzen gelernt", verriet Giovanni. „Schon auf den Fahrten wegen des Umzugs in Deutschland war ich begeistert, was sich dann auf der langen Tour zu mir nach Hause noch steigerte. Lea ist aus versicherungstechnischen Gründen die ganze Strecke selbst gefahren. Ich habe absolut komfortabel und entspannt daneben gesessen, und die Landschaft bestaunt."

Der Kellermeister erschien. Zuerst gratulierte er dem frisch gebackenen Ehepaar, dann wandte er sich Klara und Leopold zu.

„Für mich heute bitte nur Saft. Ich bin die Fahrerin", sagte Lea schnell, als er die erste Flasche hervorzog.

„Wenn es ein Auto mit Frachtfach ist, passt die Kühlbox sicher hinein", lachte der Kellermeister. Er hatte bewusst nicht Kofferraum gesagt, denn wenn die beiden im Porsche Zweisitzer erschienen, hatte bestenfalls eine große Aktentasche Platz.

„Oh, was für ein Tropfen!", staunte Leopold.

„Ich beginne damit, weil es der König unserer Weine, und der Geschmackssinn noch unbeeinflusst ist", erklärte der Kellermeister.

„Lea, du solltest davon einen Zungenbefeuchter nehmen", riet Giovanni.

Sie nickte und der Kellermeister füllte wirklich nur einen Testschluck in ein Glas. Lea roch am Glas, kaute den Wein und verdrehte selig die Augen. „Tausend Euro der Liter? Korrigiert mich, wenn ich falschliege!"

„Ihre Treffsicherheit verblüfft mich immer wieder!", staunte der Kellermeister.

Giovanni musste lachen, weil Leopold und Klara Lea anstarrten, als hätten sie einen Geist gesehen. „Man hat sie in unserer *enoteca* sogar für einen Sommelier gehalten."

„Für diesen Spitzentropfen würde ich auch auf einem Motorrad Platz finden!", blinzelte Lea. „Und wenn ich mir die Flasche in den Ärmel schieben müsste."

Giovanni schmunzelte. „Gefährlich wird es nur, wenn sie mit ihrem Golf vorfährt, denn der schleppt alles fort."

„Danke für den Tipp. Ich lasse für diesen Fall den Notstand ausrufen und die Panzertüren verriegeln", blinzelte der Kellermeister.

Leopold und Klara wechselten einen amüsierten Blick. Giovanni war privat ein wirklich netter und umgänglicher Mensch. Und selbst als Geschäftsmann schienen ihn seine Angestellten mehr, als einfach nur zu schätzen. Das Ständchen gestern und die Begrüßung heute sprachen Bände.

Lea trank zwar nur Saft, aß aber mit Begeisterung die verschiedenen Brotsorten des Tests. „Irgendwie muss man sich ja schadlos halten. Zumal alle Sorten eine wunderbare Krume und eine leckere Rinde haben."

Klara und Leopold bedankten sich herzlich für die vielen interessanten Informationen, was jeden der absoluten Spitzenweine so besonders machte. Weil auf dem Weg, den sie gekommen waren, gerade die Reisegesellschaft auftauchte, liefen sie einen Umweg zur Villa zurück. Giovanni machte sie auf die vielen Insekten und Vögel aufmerksam, die den Weinberg bevölkerten, und fügte hinzu: „Im Sommer ist es natürlich noch spannender, hier zu wandeln."

Klara erspähte neben der Rezeption die Vitrine mit dem Olivenholzschmuck. Man hatte ihn an kleine Zweige gehängt, oder um Naturkiesel gelegt. Ihr wäre es im Traum nicht in denn Sinn gekommen, dass das große verschnörkelte L der Anfangsbuchstabe vom Namen ihrer Tochter sein könnte. Die Maserung der Perlen war auf auffallend schön und neben dem Verschluss jeder Kette glänzte ein winziges Silberplättchen mit dem L auf der einen und einem Drachen auf der anderen Seite.

Den hatte sie schon beim ersten Spaziergang in Siena am Olivenholzschmuck bemerkt und sie wussten von Mario Rosso, das er das Zeichen der Contrada war. Nur waren in Siena die Silberplättchen im Durchmesser etwas größer als die Perlen gewesen.

Rosalia bediente die vier besonderen Gäste selber. Das ließ sie sich auch von niemandem nehmen. Die Minnichs staunten im Angesicht der Testhäppchen über die Vielfalt der regionalen Küche.

„Die Olivenöle kommen auch aus eigener Produktion", verriet Giovanni. „Aber die stellen wir ausschließlich für den Eigenbedarf her, was natürlich den Verkauf an unsere Tagesgäste beinhaltet. Unterschiedliche Farbe und Geschmack, entstehen durch die verschiedenen Reifegrade, in denen es verarbeitet wird. Die beeinträchtigen dann auch die Haltbarkeit."

„Siehst du! Das wolltest du mir nicht glauben!", rief Klara triumphierend. „Jetzt hast du es aus dem Mund eines Fachmanns gehört! Und kalt und warm gepresstes Öl ist nämlich auch ein Unterschied!"

Giovanni und Lea lachten herzlich. „Ja, das ist auch ein Punkt, den man beachten sollte. Nicht jedes Öl kann man für warme Speisenzubereitung verwenden", bestätigte Giovanni.

„Zur Strafe kaufst du mir dann eines der kompletten Schmuck Sets!"

In diesem Augenblick tauchten die Tagestouristen zum Mittagessen auf und umschwärmten natürlich auch die Vitrine.

Mutter Klara spähte immer wieder hinüber, weil einige sofort kauften. Dass Lea sehr interessiert die Kaufwilligen beobachtete, war zu erwarten gewesen. Da sah sie Rosalia mit dem Kopf schütteln und ihr einen verzweifelten Blick zuwerfen.

Sie entschuldigte sich bei Tisch und trat an den Tresen. „Wie kann ich helfen?"

Rosalia sagte: „Es ist ihr zu klein. Sie können Deutsch sprechen, es sind Österreicher."

Das tat Lea auch sofort. „Wenn Sie einen Moment Geduld haben, schaue ich in meinem Etui nach, ob ich eine andere Größe dabei habe." Sie ging an den Tisch, ihre Tasche zu holen.

„Probleme?", fragte Giovanni besorgt.

„Nein. Nur ein nicht ganz passendes Armband. Ich könnte aber eins in meinem Etui haben." Sie eilte zurück und breitete aus, was sie immer für zufällige Verkaufsgespräche in der Tasche trug. Zwei hatten eine Kugel mehr und ein großes Drachenplättchen. Sie passten. Da sie unterschiedliche Maserungen hatten, kaufte die glückliche Touristin beide, weil ihr auch das große Plättchen super gut gefiel. Rosalia atmete auf.

„Problem gelöst", schmunzelte Lea, Etui und Geld in ihre Handtasche steckend. „Ich brauche dringend Nachschub an großen Drachenplättchen von Salvatore!"

„Du designst diesen herrlichen Schmuck?", stotterte Klara.

Lea nickte. „Richtig. Deswegen hast du heute Abend das Glück, dir direkt in meiner Werkstatt auszusuchen, was das Herz begehrt. Da gibt es nämlich auch einige Dinge, die hier nicht zum Verkauf ausliegen. Und nun wisst ihr auch, welcher Art die Geschäfte sind, die wir beide als Partner betreiben."

„Lea hat einen festen Verkaufsplatz in exponierter Lage, ohne Konkurrenz vor Ort, und unser Weingut wird auch bei denen bekannt, die nicht die ultimativen Weinliebhaber sind. Frauen sind ja dafür anfällig, andere neidisch zu machen, da läuft die Mund-zu-Mund-Werbung fast von allein."

„Bestes Beispiel gerade eben", grinste Leopold. „Die Armbänder gingen von Hand zu Hand und nun stehen einige an, um zu kaufen, ehe es nichts mehr gibt."

Um das auszuschließen, reichte ihr Rosalia beim Abschied eine Wunschliste.

„Wird umgehend bearbeitet", strahlte Lea. Als alle im Auto saßen, stellte sie Sitz, Lenkrad und Spiegel auf sich ein, indem sie die gespeicherten Daten aus dem Bordcomputer abrief. „Da kommt auch schon unsere Kühlbox!"

Wenige Augenblicke später startete sie den Motor. Giovanni beantwortete unterwegs unzählige Fragen, wobei er immer wieder Historisches mit einflocht und auf Leopolds Erstaunen schließlich verriet: „Ich bin Doktor der Geschichtswissenschaften und Ureinwohner, da muss ich diese Daten abrufbereit haben."

Die Augen der Minnichs wurden tellergroß. Lea erreichte inzwischen den Stadtrand und bald darauf bog sie in ihre Straße ein. Die Insassen erschraken, als sie plötzlich eine Vollbremsung machte.

„Was hast du?", fragte Giovanni zutiefst beunruhigt.

„Schaut mal nach links, gegenüber von unserem Haus! Da lauern die Schmierenschreiberlinge, die zur Hochzeit keine Chance hatten!".

„Oh je!", seufzte Klara. „Auf sowas habe ich auch keine Lust."

„Garage!", sagte Giovanni kurz und Lea wendete den großen Schlitten auf engstem Raum. „Nichts wie weg!"

„Schon unterwegs, Schatz!", lachte Lea. Sie steuerte nach ein paar Minuten bereits die lange Auffahrt an. Giovanni öffnete mit der Fernbedienung das Tor, Lea parkte den Wagen da, wo er auch am Morgen gestanden hatte.

Leopold schaute sich überrascht um. In dieser Tiefgarage standen ausschließlich Nobelkarossen und ganz links erspähte er einen Golf. Vermutlich den von Lea.

„Ihr geht am besten gleich den Treppenweg in die Stadt. Gebt Bescheid, wenn ihr zurückkommt. Ich sage euch dann, was zu tun ist." Giovanni gab Lea ein Abschiedsküsschen und wartete, bis sie die Garage verlassen hatten, ehe er sich um die Kühlbox kümmerte.

Die drei Spaziergänger erreichten unbehelligt die kleine Einkaufspassage. Klara deutete auf mehrere lokale Zeitungen, die auf der Titelseite Lea auf dem Weg zur Trauung zeigten. „So eine Hochzeit hätte ich mir nicht einmal in meinen allerkühnsten Träumen ausdenken können!"

„Ich auch nicht", strahlte Lea. Und wieder sprach sie alle paar Meter jemand an, um persönlich zu gratulieren. Lea dankte allen sehr herzlich.

„Ich glaube gern, dass du dich hier heimisch fühlst", gab Leopold schließlich zu.

„Den Nachmittagsespresso trinken wir in einem kleinen Straßencafé, damit ihr ein Bild bekommt, wie hier das Leben im Allgemeinen läuft, denn Touristen besuchen diesen wundervollen Flecken zu jeder Jahreszeit", schlug Lea vor, ihnen zielgerichtet die schönsten Sehenswürdigkeiten zeigend.

Als sie gerade anrufen wollte, ob die Luft zu Hause rein sei, meldete sich Giovanni. „Ihr müsst durch den Geheimgang gehen, sie lauern immer noch in allen Winkeln. Einer hat sogar versucht, über die Mauer in den Garten zu klettern. Das schrille Jaulen, der scharf geschalteten Alarmanlage hat ihn vertrieben."

Lea gab die kurze Unterhaltung auf Deutsch wieder, was Leopold zu der erstaunten Frage inspirierte: „Kommt das öfter vor?"

„Nein. Es gibt nur, außer der Hochzeit, noch ein anderes Thema, das die Presse interessieren wird. Ihr habt ja sicher die Narbe an Giovannis Stirn bemerkt, die wir gestern auch absichtlich nicht überschminkt haben. Es gibt ein paar Verbrecher, die es auf seine Güter abgesehen haben, und die vor nichts zurückschrecken. Vielleicht erfahrt ihr heute Abend etwas mehr. Darüber zu sprechen, ist ausschließlich seine Entscheidung. Wir werden jetzt durch die Garage ins Haus

gehen, um den Reportern nicht zu begegnen."
Sie führte sie wieder über den Treppenweg
zurück. An der hinteren Wand stehend, rief sie
Giovanni an. „Ich öffne jetzt den Gang."

Die Geheimtür schob sich beiseite. Lea hakte
die Lampe ab. „Folgt mir bitte!"

Sekunden später schloss sich die Pforte und
Lea begann, das Geschichtliche des verborgenen
Ganges zu erklären, indem sie hin und wieder
eine der Nischen ausleuchtete.

„Wissen die anderen Autobesitzer, dass es den
Gang gibt?", fragte Leopold.

Lea blieb stehen und sagte lächelnd. „Es ist
unsere Privatgarage. All diese Autos gehören
Giovanni."

„Oooops!" Leopold riss die Augen auf. „Mich
traf soeben der Schock. Der Herr der Weinberge
ist auch ein Herr der Autos."

„Und seinen treu Ergebenen ein sehr gütiger
Herr", fügte Lea hinzu.

„Das haben wir gestern und heute auch vermutet", gab Klara bekannt.

Die Pforte zum Haus öffnete Lea ebenfalls
mit dem versteckten Mechanismus, schaltet die
Lampe ab und hängte sie an die Wand. „Viel-
leicht nicht ganz standesgemäß, Gäste durch den
Keller zu führen, aber um Welten besser, als den
Aasgeiern da draußen in die Krallen zu fallen."

Leopold lachte herzlich. „Es passt hervorragend zum uraltfeudalen Hintergrund."

Giovanni empfing sie auf dem Treppenabsatz im ersten Stock und sagte fast wörtlich den Satz, den Lea verkündet hatte, worauf alle in herzliches Lachen ausbrachen. Giovanni stimmte ein, als er den Grund für die Heiterkeit erfuhr. „Ich kann leider meine Geschäfte nie ganz aus dem Auge lassen, bat er noch einmal um Nachsicht, beim Bummel gefehlt zu haben."

„Das ist bei dem Pensum völlig verständlich", gab Leopold zu. Dabei studierte er mit großen Augen die Adelswappen an den Wänden. „Da kommt unweigerlich Ehrfurcht auf", stellte er kopfschüttelnd fest.

„Gibt es auch eine Ahnengalerie?", fragte Klara, weil sie keine Gemälde entdeckt hatte.

„Die gibt es", erwiderte Giovanni, „die habe ich, damit die wertvollen Werke keinen Schaden nehmen, in einem klimatisierten Raum in der dritten Etage untergebracht. Wenn ihr möchtet, sehen wir sie uns jetzt an."

„Gern!" Klara freute sich sehr darauf, in die Gesichter seiner Vorfahren zu schauen.

„Wir beginnen mit dem ersten urkundlich und maltechnisch erwähnten Altvorderen", sagte Giovanni, auf eines der unzähligen Gemälde in der oberen Reihe deutend. „Er lebte im 12. Jahrhundert. Giacomo Lorenzo Giovanni Conti. Damals waren die Herzöge noch Heerführer in den Kriegen, was ihnen Ruhm, Ehre und den festen Titel einbrachte, wenn sie siegreich waren. Meine Vorfahren müssen schon immer über ausgezeichnetes strategisches, taktisches und geografisches Wissen verfügt haben. Sie sind auch fast alle erstaunlich alt geworden. Vielleicht hat sich ja das Gen für langes Leben weitervererbt", blinzelte er Lea zu. Zu jedem Bild wusste er eine Begebenheit aus dem Leben der dargestellten Personen zu erzählen. Ab dem 16. Jahrhundert hatte man auch einige Gattinnen der Herzöge porträtiert. Mitunter sogar mehrere. „Sie sind meist im Kindbett gestorben", seufzte Giovanni.

Am interessantesten war für Klara natürlich die jüngere Vergangenheit. Urgroßvater, Großvater und Vater glichen Giovanni wie eine ältere Kopie. Stattliche Herren, denen man die Willensstärke ansah. Das Porträt seiner Mutter strahlte vor Lebensfreude.

Lea wischte eine Träne weg. „Ich hätte sie gern beide kennengelernt. So bleibt mir nur, ihnen morgen meinen Brautstrauß als kleinen Gruß zu bringen."

„Ich bin sicher, sie hätten dich genau so sehr gemocht, wie ich", sagte Giovanni voller Wehmut. Um wieder auf angenehmere Gedanken zu kommen, wandte er sich der Galerie der Prunkrüstungen und Waffen zu, die an der Fensterseite standen. Dass er den schier unermesslich wertvollen Schmuck und die edelsteinbesetzten Stücke hier nicht zur Schau stellte, wunderte die Minnichs nicht.

„Ich verstehe ziemlich gut, dass es bei solch einem Hintergrund die übelsten Neider gibt", bekannte Leopold. „Passt bitte gut aufeinander auf!"

„Das versprechen wir, so wie wir es gestern auch geschworen haben", sagten beide völlig synchron.

Lautes Hupen ertönte vor dem Haus.

„Das muss der Lieferservice sein!", Giovanni eilte die Treppe hinunter, während Lea die Ahnengalerie sorgsam verriegelte und die Alarmanlage scharf schaltete.

„Nur gut, dass Sie uns vorgewarnt haben", rief einer der Männer, die diesmal zu viert kamen. „Die haben doch tatsächlich versucht, mit durch die Tür zu schlüpfen! Solch eine Frechheit erlebt man selten. Deswegen muss ein Kollege auch im verschlossenen Transporter warten. Unglaublich!"

Die Minnichs schüttelten erschreckt die Köpfe.

„Wir sind Kummer gewohnt", erklärte Lea, rasch den Tisch deckend.

Giovanni holte den gut temperierten Wein aus dem Keller. „Mit den Königen der Winzerei ziehen wir uns später in die gemütliche Ecke zurück", gab er bekannt, eine Flasche des etwas niedrigeren dreistelligen Preises kredenzend.

„Das ist auch so schon, mehr als märchenhaft", merkte Klara lächelnd an und kam noch einmal, auf die Ahnengalerie zu sprechen.

„Es gibt zwei Herzogkronen", erklärte Giovanni. „Sie sind im Laufe der Geschichte hin und wieder umgearbeitet worden und befinden sich alle in meinem Besitz. Es war eine versicherungstechnische Frage, dass ich gestern keine davon getragen habe. Leas Schmuck überstieg schon deutlich, was man im Ernstfall gezahlt hätte. Aber das ist der Öffentlichkeit glücklicherweise nicht bekannt."

Klara schaute nachdenklich Giovannis Narbe an, worauf er Lea mit den Augen um Rat fragte.

„Ich habe gesagt, dass die Entscheidung, wie viel privat preisgegeben wird, ausschließlich bei dir liegt. Ich lasse dir völlig freie Hand", stellte sie klar.

„Ich denke, sie sollten wissen, auf welche Weise wir uns kennengelernt haben und was seitdem geschehen ist. Sicher ist sicher." Er begann zu erzählen, als sie nach dem Essen auf den gemütlichen großen Sofas saßen und Wein tranken. Fast eine Stunde berichtete er, ohne dass ihn jemand unterbrach. Dabei kam auch zur Sprache, was Antonio herausgefunden und zur raschen Hochzeit geführt hatte. „Als meine Gattin ist Lea durch viele Privilegien geschützt. Das war für mich das Wichtigste, um ihr Sicherheit und ein schönes Leben zu garantieren. Ich will keinen Tag mehr ohne sie sein!"

„Wir haben nicht geahnt, dass ihr derart finstere Geheimnisse hütet", murmelte Leopold bedrückt.

„Jede Medaille hat zwei Seiten und der Glanz der Macht wirft immer einen Schatten", stellte Giovanni klar. „Aber wollt ihr nicht lieber etwas mehr über die schönen Dinge hören? Dann sollten wir mit Lea runter in die Werkstatt gehen."

Wie man sich bettet ...

Klara hängte sich bei Lea ein, auf dem Weg nach unten. Leopold blinzelte Giovanni vergnügt zu. Er war dankbar, dass solch eine Harmonie herrschte.

„Und hier betreten wir mein kleines Reich", schmunzelte Lea, die Tür öffnend und das Licht anschaltend. Sortierschränke, Regale mit Stoffen und Wolle, Kupfer- und Silberstangen, Drähte aus verschiedenen Metallen, Lupen, Zangen und Zahnarztbohrer, neben Schleifpapier in unterschiedlichen Körnungen. Über dem Tisch war eine leistungsstarke Absauganlage installiert worden. In einer Ecke standen zwei Schneiderpuppen. Lea öffnete einen Schrank und zog einen riesigen Schub heraus. „Hier habe ich den verkaufsfertigen Olivenholzschmuck."

Klara kam aus dem Staunen gar nicht mehr heraus. Die Maserung der Perlen machte sie sprachlos. Die Männer fachsimpelten inzwischen über Rohstoffe, Technik und Werkzeuge.

Am Ende hatte sie vier Ketten zwei Armbänder, zwei Paar Ohrringe und zwei Tuchspangen auf dem Tisch liegen und stöhnte: „Ich kann mich einfach nicht entscheiden."

„Musst du auch nicht", blinzelte Lea, die vielen schönen Sachen in ein Schmucketui steckend und ihr in die Hand drückend.

„Was bekommst du?", fragte Klara.

„Eine feste Umarmung und das Versprechen, dass ihr euch nicht mehr ganz so rar macht."

Giovanni rieb sich erfreut die Hände, als die Eltern sofort Lea von beiden Seiten ganz, ganz fest an sich drückten und schworen, sich regelmäßig zu melden.

„Liefert ihr beide auch nach Deutschland?", fragte Leopold.

„Überall hin, wenn es nicht gerade zum Mond ist", blinzelte Giovanni. „Sogar mit Fixtermin."

Irgendwann vor Mitternacht gaben die Reporter auf und Giovanni bestellte ein Taxi für seine Schwiegereltern. Die kauften, kaum im Hotel, je ein Exemplar aller Zeitungen zusammen, die über die Hochzeit berichtet hatten. Gerade noch rechtzeitig, ehe sie als Altpapier entsorgt wurden.

Lea und Giovanni räumten gemeinsam auf, versorgten die vielen Blumensträuße mit frischem Wasser, dann gingen auch sie schlafen. Natürlich nicht, ohne vorher zusammen ausgiebig zu duschen, zu kuscheln und brandheißen Sex zu haben.

Am frühen Morgen strebten sie noch vor dem Frühstück zur Familiengruft, um den wundervollen Rosenstrauß zu überbringen. „Wenn du ihn einfach auf den Marmor legst, stehen die Chancen gut, dass er rasch austrocknet und im derzeitigen Zustand noch viele Jahre erhalten bleibt", erklärte Giovanni.

„Das leuchtet mir ein", flüsterte Lea, als würde sie mit Worten die Ruhe der Toten stören. Sie legte die Rosen auf den Sarkophag seiner Mutter, dahin, wo sie die gefalteten Hände vermutete, strich sanft über den Marmor und seufzte. Giovanni nahm sie in den Arm, dann verharrten sie ein paar Augenblicke stumm vor den Sarkophagen. Als Giovanni das Innengitter schloss, zog sich der Himmel auf. Bei der massiven Außentür kam die Sonne hervor. „Heute kann nur ein wundervoller Tag werden", murmelte er, Leas Arm nehmend.

Sie schob das dunkle Tuch vom Kopf auf die Schultern. „Das wäre fantastisch. Dann können sie den Blick von Ferne auf San Gimignano richtig genießen. Ich denke, sie werden von den grandiosen Geschlechtertürmen begeistert sein. Hoffentlich ist heute nicht gar so viel Trubel im Städtchen."

Nach dem Frühstück holten sie ihre Eltern wieder vorm Hotel ab. Leopold schmunzelte, als Giovanni diesmal im BMW vorfuhr. „Wer hat, der kann", blinzelte er vergnügt.

Die Frauen nahmen wieder hinten Platz und Giovanni verriet das Ziel der heutigen Tour.

„Sämtliche Akkus sind geladen und auf den Speicherchips ist Platz ohne Ende", erklärte Leopold hoch erfreut. Er hatte am Morgen ein Prospekt der alten Stadt vor dem Speisesaal erspäht und natürlich einen langen Blick hinein geworfen. Dass sein Wunsch, den Ort einmal zu besuchen, so schnell in Erfüllung gehen sollte, machte ihn glücklich. Giovanni brillierte wieder mit Geschichtswissen und alle lauschten seinen Worten. Er fesselte sein Publikum, als sei er selbst dabei gewesen. „Es gibt übrigens auch ein Museum für Folterinstrumente", fügte er hinzu.

„Da will ich nicht noch Mal rein!", rief Lea. „Mir hat sich beim letzten Besuch fast der Magen umgedreht!"

Klara schüttelte sich. „Da bleibe ich auch lieber draußen. Mir läuft schon der Gedanke eiskalt den Rücken hinunter."

„Ich habe es zwei Mal recht unfreiwillig besucht", gab Giovanni zu. „Während des Studiums, als ich recherchieren musste. Ich überblättere auch die finsteren Kapitel der Familienchronik geflissentlich. Ich habe sogar Lesezeichen gesetzt, um sie nicht versehentlich aufzuschlagen. Gewalt ist nicht mein Ding. Weder sie auszuüben noch darüber zu lesen."

„Dafür bekommst du eine ganze Wagenladung Pluspunkte!", rief Klara erfreut.

„Herzlichen Dank!", sagte Giovanni, froh, nicht belächelt zu werden.

Lea nutzte die Zeit, um einen weiteren Laden zu finden, der ihren Schmuck mit anbieten wollte. Sie verkaufte den Inhalt ihres Etuis an die Inhaberin und hinterließ Visitenkarte sowie mehrere Flyer mit ihren Erzeugnissen. Klara staunte, wie unkompliziert und rührig Lea ihre Geschäfte abwickelte.

Neben dem Durchstöbern sämtlicher kleiner Läden, wandelten sie den ganzen Tag auf den Spuren der Erbauer der Türme, aßen in einem Restaurant am Marktplatz zu Mittag und tranken in einem anderen Espresso. Am späten Nachmittag fuhren sie zurück, um sich auf den Abend in der *enoteca* vorzubereiten.

Giovanni setzte die Schwiegereltern am Hotel ab und versprach, sie 18:30 Uhr mit dem Taxi abzuholen. „Gehobenes Freizeitoutfit", gab er bekannt, als Klara über die Kleiderordnung rätselte.

„Sie lauern wieder", sagte Lea kopfschüttelnd, als sie nach dem Weg durch den Tunnel, vorsichtig aus dem Fenster spähte.

„Solange Antonio ruhig bleibt, sollen sie meinetwegen lauern", winkte Giovanni ab. „Es ist nur äußerst unschön, wenn man das eigene Haus heimlich verlassen muss."

„Oh, wie recht du doch hast!", rief Lea.

Giovanni bestellte das Taxi also dahin, wo der Treppenaufgang endete. Ungesehen kamen sie davon.

Vor der *enoteca* herrschte Hochbetrieb. Beim Anblick seines Chefs erhellte sich die Miene des Türstehers um einige Nuancen. „Guten Abend, meine Damen und Herren!" Er gab den Eingang frei und Giovanni führte alle zum schönsten Tisch. „Das große Programm!", gab er bekannt, als der Kellner nahte.

„Sehr wohl, Doktor Conti."

„Gibt es Neuigkeiten?", fragte Giovanni.

„Keine, die erwähnenswert wären", gab der Kellner Auskunft. „Die unliebsamen Personen müssen draußen bleiben, auch wenn es denen selten passt."

„Interessant. Dann haben sie es hier also schon probiert", stellte Lea fest.

Giovanni grinste breit. „Die Männer an der Tür wissen, wofür ich sie gut bezahle."

Leopold sah ihn erstaunt an, sodass Lea erklärte: „Ihm und seinen beiden Freunden gehört die *enoteca*. Und schaut mal, wer da gerade aus einem Taxi steigt!"

„Hol sie ruhig mit an den Tisch, wenn sie das möchten", schlug Klara vor.

Sie wurden genau so schnell erspäht. „Na schaut mal, wer da sitzt!", lachte Antonio.

„Wir haben zwei Plätze frei", gab Giovanni lächelnd bekannt.

Antonio und Manuele begrüßten die Damen, dann die Herren und setzen sich mit an den Tisch. Für den Kellner das Zeichen, für sechs Personen aufzutafeln. Es wurde ein wirklich lustiger Abend, weil Antonio und Manuele ein paar denkwürdige Begebenheiten aus der gemeinsamen Jugendzeit erzählten. Lea und die Minnichs lachten herzlich, weil jeder Ähnliches erlebt hatte, wie wohl alle Jugendlichen in der Sturm und Drang Zeit.

„Wir sind noch am überlegen, wohin wir morgen, am letzten Tag fahren", sagte Lea bei passender Gelegenheit.

„Florenz", sagte Manuele sofort. „Rom ist für einen sinnvollen Tagesausflug zu weit weg."

„Nach Orvieto wäre es nur eine halbe Stunde mehr", gab Antonio zu bedenken.

„Beide Städte sind wundervoll!", sagte Lea begeistert. „Aber ich denke, wir sollten Florenz nehmen. Mit Orvieto können wir vielleicht eines Tages eine Fahrt nach Rom verbinden, weil es praktisch am Weg liegt."

„Lea kennt so beinahe alle mittelalterlichen Städte von den Alpen bis zum Mittelmeer, in Italien und Frankreich, Monaco eingeschlossen. Ich habe auf der Fahrt nach Hause viel von ihr gelernt", erklärte Giovanni, stolz auf seine hübsche Frau. „Sie sieht mit geschultem Auge Dinge, die würden mir komplett entgehen. Und dann ergänzt sie mein Wissen aus der Historie ganz locker mit neuen Daten, die völlig an mir vorbeigegangen sind."

„Dass sie das fehlende Puzzleteil zu seinem Leben ist, habe ich am allerersten Tag gefühlt", bestätigte Manuele.

„Sie wissen inzwischen, wie und wodurch wir uns kennengelernt haben", verriet Giovanni.

„Dann begehen wir wenigstens keinen Geheimnisverrat, wenn wir aus dem Nähkästchen plaudern", grinste Antonio.

Spät am Abend nahmen sie ein Taxi für sechs Personen und fuhren kreuz und quer durch die Stadt, bis sie die lästigen Paparazzi abgehängt hatten. Nun erst brachten sie Klara und Leopold ins Hotel. Dann waren Lea und Giovanni dran. Manuele als Nächster und Antonio ließ sich zuletzt nach Hause bringen. Er zahlte auch die Fahrt, weil Giovanni für den Abend wahrlich genug gelöhnt hatte.

„Warum sind die beiden eigentlich nicht verheiratet?", fragte Lea.

„Das ist eine reichlich verworrene Geschichte", versuchte Giovanni zu erklären. „Antonio ist seit rund zwei Jahren glücklich geschieden und wieder auf der Jagd. Er war mit einer renommierten Rechtsanwältin verheiratet, die es offenbar als Sport ansah, sich der gegnerischen Seite als Rechtsbeistand zu verdingen, und ihm vor Gericht das Leben zu vergällen. Es war so eine Art Rache dafür, dass er privat generell nie über seine Mandanten und Fälle spricht. Nach zwei Jahren war er es leid und hat sie unter ziemlichen finanziellen Einbußen vor die Tür gesetzt, wobei man das sogar wie einen Sieg werten konnte.

Bei Manuele liegt der Fall ganz anders und ist reichlich mysteriös. Er hat so eine Art Dauergeliebte, die immer mal für ein paar Tage auftaucht. Sie scheint mit einem Mann verheiratet zu sein, der nicht weiß, dass er zeugungsunfähig ist. Sie gibt vor, dass sie ein Fruchtbarkeitsproblem hat, lässt sich hier in der Stadt ganz privat und offiziell von Manuele *behandeln,* wofür sie in dieser Zeit bei ihm wohnt. Vorsichtigen Schätzungen zufolge ist er auf diese Weise inzwischen Vater von drei Kindern, die ein anderer liebevoll aufzieht."

„Klingt ja wirklich mysteriös", überlegte Lea laut. „Woher weißt du es?"

„Antonio hat ein bisschen geschnüffelt", gab Giovanni zu, „was Manuele aber nicht bekannt ist."

Lea verdrehte lustig die Augen. „Oh je. Langsam glaube ich, dass mindestens eine Leiche im Keller zum guten Ton gehört."

„Antonio und ich stehen öffentlich zu dem, was uns widerfahren ist, zumal es die Zeitungen breitgeschmiert haben. Manuele scheint man keine Merkwürdigkeiten zuzutrauen. Es wird nicht mal hinter vorgehaltener Hand getuschelt, wenn sie da ist. Antonio und ich haben keinen Grund, ihn zu interviewen, zumal alle mit dem Zustand glücklich zu sein scheinen. Leben und leben lassen."

„Gut. Danke für die umfassende Aufklärung. So tappe ich wenigstens nicht durch unangenehme Fragen in irgendwelche Fettnäpfchen." Lea lächelte undefinierbar und sagte schließlich: „Offizielle Kinder sind mir lieber. Komm kuscheln, Schatz."

Giovanni war mit einem Satz im Bett.

Das angekündigte Regenband war in den sehr frühen Morgenstunden durchgezogen und die Pflastersteine glänzten, wie frisch poliert.

„Wenn wir losfahren, ist alles trocken und die Landschaft wird in satten Farben prangen", freute sich Lea. „Sind die Nervensägen eigentlich weg?"

„Ich habe nicht nachgeschaut", gab Giovanni bekannt. „Wir gehen durch den Tunnel. Ich bin froh, dass du nicht zu denen gehörst, die angstschlotternd in der Ecke sitzen, wenn sie da hindurch müssen."

„Ach weißt du, ich zolle den Seelen der Verstorbenen den Respekt, der ihnen zukommt. Würden sie mich nicht an deiner Seite akzeptieren, dann hätten sie unsere Hochzeit verhindert. Und gegen die Dunkelheit gibt es Licht. Würde es plötzlich erlöschen, wüsste ich, dass auf der rechten Seite acht Nischen sind, an denen ich mich vorbei tasten müsste, um den Mechanismus zu finden. Ich habe definitiv mehr Angst, nachts allein durch die Gassen zu laufen, als durch unseren Tunnel", erklärte Lea, dem verblüfft wie erfreut zuhörenden Giovanni.

„Welches Auto nehmen wir denn heute?", überlegte Giovanni laut, als sie in der Garage standen.

„Den Cadillac", schlug Lea vor.

„Gute Idee." Er nahm die Codecard aus dem Wandsafe.

Leopold schmunzelte beim Einsteigen. „Wir haben auf Chevrolet gewettet."

Giovanni lachte herzlich. „Den nehmen wir halt morgen, wenn wir euch zum Flughafen bringen. Die brauchen ja alle mal Auslauf, damit sie keinen Stehplatten bekommen. Sie werden auch jährlich gewartet, um sie topp in Schuss zu halten. Nur mein Lieblingsauto, der Maserati ist zwei Mal dran. Und natürlich Leas Flitzer, der auf dem Pflaster mehr aushalten muss, als alle anderen zusammen."

Die Landschaft zu beiden Seiten der großen Fernverkehrsstraßen faszinierte die Minnichs. Sie konnten es sehr gut verstehen, dass es Lea bei jeder Gelegenheit in diese Regionen gezogen hatte. Dass sie sich nun hier pudelwohl fühlte, war kein Wunder.

Trotz Baustellen kamen sie gut voran und nach rund einer Stunde tauchte die Silhouette von Florenz in der Ferne auf. „Zusammenbleiben, Taschen fest unter den Arm klemmen und Geldbörsen in die Innentaschen der Jacken stecken", wies Lea mit sehr ernster Stimme an. „Hier wird geklaut, was nicht niet- und nagelfest ist. Man wird uns aus zig Augen beobachten, ob wir nicht vielleicht eine kleine Unaufmerksamkeit begehen. Schlimmer habe ich es nur in Venedig erlebt."

Nach dem Aussteigen hängten sich beide Frauen die Taschen quer über die Schulter, sodass sie ihnen niemand sofort entreißen konnte. Zudem zeigten die Außenfächer und Reißverschlüsse zum Körper. Das Ganze wurde dann noch so unter den Arm geklemmt, dass die Jacken von hinten zusätzlichen Schutz gaben. Giovanni und Leopold steckten die Geldbörsen sofort in die innenliegenden Taschen der Jacken. Leas Warnungen kamen sicher nicht von ungefähr. Und tatsächlich, kaum näherten sie dem ersten belebten Platz, wurden sie von neugierig schauenden Teenagern umkreist. Mal enger, mal weiter, aber immer mit Blick auf Gesäß- und Jackentaschen. Die fest umklammerten Umhängetaschen waren sofort aus dem Beuteschema gestrichen worden.

„Unglaublich", murmelte Klara, etwas ängstlich geworden. „Dass es so offensichtlich ist, habe ich wirklich nicht erwartet."

„Ich habe schon erlebt, dass sie Taschen und Rucksäcke im Gedränge mit Teppichmessern aufgeschnitten haben, um an den Inhalt zu kommen", erzählte Lea. „Sogar im Linienbus."

„Ohne deine Warnung wären wir sicher schon in die Falle getappt", murmelte Leopold. „Die sind ja blitzschnell. Da drüben hat eine junge Frau gerade einem Mann die Brieftasche aus der Jacke gezogen und ist damit sofort in der Menge verschwunden."

„Zur Ehrenrettung muss ich sagen, dass das kein italienisches, sondern ein weltweites Problem in allen Städten mit Massentourismus ist", erklärte Lea. „In Prag und Paris habe ich es genau so beobachtet, wie in Berlin, Leipzig und Nürnberg."

Giovanni war dankbar für diesen Satz, hatte er doch schon befürchtet, die Schwiegereltern würden wegen solcher Zustände die Nase über sein Heimatland rümpfen.

Aber die waren damit beschäftigt, die Wunder der Baukunst zu bestaunen, die Statuen, die Uffizien und die Ponte Vecchio, die älteste Brücke der Stadt über den Arno, die im 14. Jahrhundert erbaut worden war.

„Sie erinnert mich an die Krämerbrücke in Erfurt!", rief Klara beim ersten Anblick.

„Es ist seit dem 16. Jahrhundert die Brücke der Gold- und Silberschmiede", erzählte Giovanni, „ein Dekret von Herzog Cosimos I. de‘ Medici hat das so bestimmt, nachdem die hier ursprünglich arbeitenden Metzger und Schlachter weit über hundert Jahre ihre stinkenden Abfälle in den Fluss entsorgten."

„Hat er dafür wenigstens einen Umweltpreis bekommen?", blinzelte Klara.

„1565 erließ er das Dekret. Vielleicht war, dass er 1569 zum Großherzog der Toskana wurde, sein Umweltpreis?", schmunzelte Giovanni. „Er ließ übrigens auch ab 1561 die Festung in Siena errichten, in welcher unsere *enoteca* ist."

„Da durchströmt mich gleich wieder die Ehrfurcht, dass du historisch mit all dem verbunden bist", verriet Klara.

„Cosimo war allerdings nicht der Herrscher, den man sich erträumt hatte. Er häufte Leichenberge von enthaupteten Adligen an, die irgendwie seinen Plänen entgegengestanden hatten. Er hasste Siena, als alten und mächtigen Feind. Nach 15 Monaten Belagerung musste sich unsere Stadt schließlich ergeben, weil Munition und Lebensmittel fehlten. Er hat alle Verträge gebrochen und sich Siena schamlos einverleibt. Das einzig Gute, was er je für unsere Stadt getan hat, war, die Universität zu fördern", fügte Giovanni düster hinzu. „Vielleicht muss ich ihm aber auch dankbarer sein, als ich mir eingestehe, denn er hatte fast jeden toskanischen Adel ausgerottet. Meine Vorfahren haben überlebt. Möglich, dass sie zu jenen gehörten, denen er neue Privilegien gab. Vielleicht ist es aus Scham nicht in den Chroniken niedergeschrieben. Oder ich habe die finsteren Jahre völlig falsch interpretiert. Fakt ist, sie haben schon immer in Siena gelebt. Auch in der Zeit, als die Bevölkerung auf einen Bruchteil schrumpfte."

Am späten Nachmittag fuhren sie nach Siena zurück. Das Abendbrot war für 19 Uhr in Giovannis Lieblingsrestaurant geplant. Die Paparazzi waren inzwischen mit langen Gesichtern abgezogen, sodass sie ganz entspannt das Haus verlassen konnten. Lea und Giovanni gaben bekannt, ihren Flitterurlaub in den Juni zu verlegen, weil im Augenblick ziemlich viel Arbeit aufzuholen war.

„Wir werden uns auf dem Wasser herumtreiben. Sprich: Eine Yacht mieten und alles besichtigen, was Lea immer nur von Ferne sehen konnte. Zum Beispiel die Insel Sainte-Marguerite vor Cannes, wo der Mann mit der eisernen Maske sein Dasein fristen musste."

„Du warst in Cannes?", staunte Leopold.

„Zwei Mal sogar. Auch mit dem Schiff direkt am Steg der Insel. Ich konnte nur nie aussteigen und dort herumwandern. Ach, es gibt so viele Dinge, die ich von nahem sehen möchte."

„Die erkunden wir gemeinsam", versprach Giovanni. „Wenn wir es halten, wie du es bisher immer getan hast: Ein paar Tage hier und später ein paar Tage da, dann packen wir es auch ohne Stress. Sogar mit Nachwuchs, falls uns das Schicksal gnädig ist, und der letzte Duca nicht das Ende der Dynastie besiegelt."

„Ich glaube nicht an ein Ende", gab Klara bekannt. „Ich glaube an Kinderlachen in den altehrwürdigen Mauern."

„Und wiederholt bitte nicht unseren Fehler: Den Nachwuchs in eine Form pressen zu wollen, die völlig ungeeignet ist, irgendeine Art von Glück aufkommen zu lassen", bat Leopold, sanft Leas Hand streichelnd.

„Ganz bestimmt nicht", versprach Giovanni. „Wer Musiker werden möchte, wird halt Musiker. Wer Arzt sein will, wird eben das. Nur Faulenzen ist nicht. Da kehre ich mit dem eisernen Besen."

Am nächsten Morgen standen Giovanni und Lea tatsächlich mit dem Chevrolet vor dem Hotel. „Versprochen ist versprochen", sagten sie im Chor und luden gemeinsam das Gepäck in den Kofferraum.

„Es waren wunderschöne Tage bei euch. Vielen, vielen Dank für alles, was ihr uns Gutes getan habt. Und wir haben gesehen, dass ihr wirklich miteinander glücklich seid, das ist das Beste, was Eltern über ihr Kind erfahren können", erklärte Leopold. „Wenn es euch irgendwann in unsere Regionen verschlägt, kommt vorbei, wir freuen uns auf euch. Ansonsten werden wir nun jedes Jahr in der Vor- oder Nachsaison nach Siena kommen, um zu schauen, wie es euch geht und euch einfach mal wieder ganz fest ans Herz drücken zu können."

„Lasst uns ein kleines Bisschen an eurem Glück teilhaben, indem ihr hin und wieder mal eine Mail schreibt, und ein Bild anhängt", bat Klara.

„Das werden wir nicht vergessen", versprach Lea. „Grüßt die Nachbarn von mir, wenn ihr wieder zu Hause seid. Und meldet euch, ob auf der Reise alles glattgegangen ist."

Sie blieben auf dem Flughafen, bis die Maschine abhob.

„Alles richtig gemacht, mein Schatz", strahlte Giovanni, als sie sich auf den Heimweg begaben.

Am selben Abend schneiten bei Minnichs *rein zufällig* die Nachbarn herein, die *nur noch mal schauen* wollten, ob mit Haus und Hof alles in Ordnung sei. Dass sie ganz andere Neugier trieb, war Klara und Leopold sonnenklar. So luden sie die beiden einfach zum Abendbrot ein, welches sie rasch beim Lieferservice bestellten. In der Zwischenzeit packte Leopold den Stapel Zeitungen und Magazine auf den Tisch, auf deren Titelseiten Lea im vollen Seitenformat als Farbbild zu sehen war, wie sie ihren glanzvollen Auftritt durch jubelnde Menschenmassen zelebrierte. Auf den Innenseiten mehrspaltige Berichte und Bilder des glücklichen Paares.

„Seht ihr die Zahlen? Auf diesen Wert haben Experten allein den Schmuck geschätzt, den ihr Giovanni als Morgengabe geschenkt hat", betonte Klara stolz. „Da ist der Wert des diamantenbesetzten Brautkleides noch nicht mal mit drin."

„Ich habe gerade die Videos von der Hochzeit gefunden!", rief Leopold, den Fernseher anschaltend, um sie ganz groß zeigen zu können.

Die Nachbarn staunten Bauklötzer.

„Ob unsere Kleine gut versorgt ist, muss man wirklich nicht fragen", strahlte Klara. „Giovanni ist einer der reichsten Männer der Region, aber privat ein ganz, ganz Netter. Er hat Lea sogar direkt im Wohnhaus die Werkstatt eingerichtet und vertreibt in seinem Hotel auf den Weinbergen ihren Schmuck mit. Wir waren gerade da, als eine Reisegesellschaft fast die ganze Vitrine leer kaufte." Sie hielt der Nachbarin ihr Olivenholz-Armband unter die Nase, deutete auf Kette und Ohrringe. „Die Kleinode mit dem L, wie Lea, und dem Drachen gibt es jetzt sogar auch in San Gimignano und in Florenz, wie in Siena selber."

Leopold verkniff sich mühsam das Grinsen, weil die Nachbarn zu verblüfft aus der Wäsche schauten. Da berichtete Klara auch schon weiter, wie sie mit Giovanni und Lea in seinem Keller unterm Weinberg Führung und Weinprobe der 1000 Euro Luxus-Sorten erlebt hatten. „Und die angefangenen Flaschen der ganzen Kostbarkeiten haben wir abends im Palast der beiden, anders kann man das herrliche Stadthaus gar nicht nennen, beim Pläuschchen geleert", fügte sie genussvoll hinzu.

„Das Hotel", Leopold legte zwei Prospekte auf den Tisch, „hat uns Giovanni auch für mehrere Tage finanziert."

„Oh mein Gott! Das kann er sich so ganz nebenbei leisten?!", staunte die Nachbarin.

„Das dürfte kein Problem sein. Er hat auch zehn Edelkarossen in der Garage stehen, von denen wir einige live und in Farbe erlebt haben. Wir waren aus Spaß an der Freude jeden Tag mit einem anderen Auto unterwegs. Lea fährt die Boliden übrigens auch. Sie hat uns vom Weinberg zum Hotel chauffiert, damit Giovanni mit uns Wein trinken konnte." Leopold öffnete einen anderen Bilderordner. „Das sind Giovannis schier endlose sanfte Weinhügel und da oben steht die Villa mit mehreren Ferien-Zimmern und zwei Sälen, wo täglich bis zu drei große Reisebusgesellschaften beköstigt werden."

„Hier kommt gerade ein zusätzlicher Bus, der gar nicht im Plan war", berichtete Klara, auf die Zypressenallee deutend. „Aber Giovannis Leute packen auch das!"

„Klingt nach kompletter Begeisterung vom Schwiegersohn!", stellte der Nachbar mit großen Augen fest.

„Um ihn haben mich einige beneidet und tun es auch weiterhin! Da gebe ich euch Brief und Sigel drauf!", lachte Klara. „Und nicht nur wegen des ins Auge stechenden Reichtums."

„Hattest du nicht am ersten Tag das Haus fotografiert?", fragte Leopold.

„Mit dem Handy", erwiderte Klara, das Gerät holend.

„Oh, wirklich nicht gerade klein", staunte der Nachbar. „Und sogar mit Wappen."

„Es ist ein Adelssitz, den die Conti an dieser Stelle seit dem 16. Jahrhundert haben", gab Leopold Auskunft. „Nach hinten schließen sich eine Terrasse und ein großer Garten an. Würde es in Italien noch Adelstitel geben, wäre Giovanni ein Herzog. Manche in seiner Contrada, sogar der Bürgermeister persönlich, titeln ihn auch heute so."

„Habe ich irgendwas vergessen?", schmunzelte Klara, als sie spät in der Nacht wieder allein waren.

Leopold schüttelte lachend den Kopf. „Ich denke, das war umfassend und sie werden viel Stoff haben, über den sie nachdenken, oder den sie weitererzählen werden."

Dass das mit dem Weitererzählen funktioniert hatte, merkten sie zwei Tage später. Da ging es ihnen wie Lea direkt vor der Hochzeit. Kaum vom Dienst zu Hause, stand an jedem Gartenzaun jemand, der alles ganz genau bestätigt haben wollte.

„Das Beste wird sein, du installiert einen Schaukasten vor dem Haus und pinnst die Zeitungen rein", lachte Klara, als wieder einmal fast eine Stunde von der Mülltonne bis ins Haus brauchte.

In Siena begannen inzwischen unangenehme Nachrichten die Runde zu machen, denn Antonio ließ die Informationen zu seinen Recherchen scheibchenweise aus dem Sack. Eine große Zeitung titelte: Erinnern Sie sich an die Frau auf der Mauer? Das sollten Sie tun. Ihren Adleraugen entgeht nichts. Dann eine ganze Spalte zu dem tätlichen Angriff auf Dr. Giovanni Conti, der einen Stein ins Rollen gebracht hatten, welcher nun eine Lawine ungeahnten Ausmaßes ausgelöst hatte. Seine nunmehrige Gattin, Lea Conti, habe auf Grund einer kurzzeitigen Verkehrsumleitung eine Entdeckung in einem

Hinterhof gemacht, die zur Aufklärung dieses und vieler anderer Fälle geführt habe, die von Erpressung bis Menschenhandel reichten. Die ersten drei veröffentlichten Namen betrafen inzwischen verstorbene Geschäftsmänner der Stadt. Die Familien distanzierten sich von deren Verhalten und still ruhte der See. Genau eine Woche später gab es den nächsten Artikel mit drei weiteren Namen von Geschäftsleuten aus der unmittelbaren Umgebung. Alle drei hatten Schweigegeld an die Prostituierte Romina gezahlt, um abartige Neigungen nicht publik werden zu lassen. Eine der erbosten Gattinnen reichte noch am selben Tag die Scheidung ein. Die anderen mieden ab sofort die Öffentlichkeit.

Der dritte Artikel traf einige Familien direkt am Nerv, denn es wurden die Söhne genannt. In den nächsten Tagen löste man Verlobungen, enterbte die schwarzen Schafe und Ratlosigkeit breitete sich aus.

Lea zuckte mit den Schultern. „Wie man sich bettet, so liegt man."

„Hast du in den letzten Wochen eigentlich mal wieder irgendwas von Chloé gehört oder gesehen?", fragte Giovanni.

„Nicht, dass ich wüsste", erwiderte Lea nach kurzem Überlegen.

Sie sollte auch erst ein paar Tage später in den Gazetten auftauchen, als die letzten Namen veröffentlicht wurden. Während der Gatte seinen

abartigen Neigungen nachging und brav Schweigegeld zahlte, hatte die angewiderte Ehefrau, die
davon ausgegangen war, er vergnüge sich ganz
einfach nur fremd, versucht, die Dirne Romina
ihrerseits zu erpressen. Mit dem Erfolg, dass der
Zuhälter persönlich erschien, die Tochter als
Geisel nahm und drohte, sie zu vergewaltigen,
zahle man ab sofort nicht das Doppelte direkt
an ihn.

„Klassisches Eigentor, würde ich sagen", war
Leas einziger Kommentar.

Signora Chloé nahm die Zeitung aus dem
Briefkasten, erspähte die Schlagzeile, eilte ins
Haus, drosch das zusammenfaltete Blatt ihrem
Gatten um die Ohren und kreischte: „Diese
Conti hat alles gewusst! Sie alle haben alles
gewusst! Du Dreckschwein hast dir die Mäd-
chen aus einem Katalog ausgesucht und sie
schwängern lassen?! Wie konntest du nur?!"

Signora Chloé schnappte Koffer und Tochter,
um auf Nimmerwiedersehen zu verschwinden.
Einen standesgemäßen Ehemann für diese in
Siena und Umland müsste sie aus der gleichen
Gosse auflesen, in die sich der Gatte begeben
hatte.

Neue Herausforderungen

Vier Wochen später fand man Manolo Bertini tot im Garten. Er hatte sich an einem Olivenbaum erhängt. Chloé hatte nie selbst gearbeitet, das verwöhnte Töchterchen ebenfalls nicht und zudem hatten mehrere leitende Mitarbeiter den Dienst quittiert. Signora Chloé setzte den Weinberg zum Verkauf, um sich mit dem Geld an die Côte d'Azur zurückzuziehen, wobei schon die französische Bezeichnung sagte, dass sie Italien den Rücken kehren wolle.

Alle lauerten, wie Giovanni darauf reagieren werde. Erst mal gar nicht, dann sehr widerwillig, um schließlich zu erklären, dass er kein Interesse habe. Die Zeitungen titelten: Der Weinkönig lehnt ab. Sie vermuteten, dass er das zweitklassige Unternehmen eher plattmachen werde, als es seinem Imperium einzuverleiben. Vielleicht waren ja die Böden schuld, dass es dort nie den ganz großen Aufstieg gegeben habe. Das wiederum hatte zur Folge, dass das allgemeine Interesse sank und die Angebote nur noch für ausgewählte Teile des Unternehmens kamen.

Der Bürgermeister berief eine Krisensitzung ein, weil mit immensen steuerlichen Einbußen gerechnet werden musste, bräche dieses Weingut komplett weg. Es ging ziemlich heiß zur Sache und mehrere versuchten unterschwellig, Giovanni ins Gewissen zu reden.

„Glauben Sie ernsthaft, dass ich meine eigenen Unternehmen ruiniere, indem ich den schlechten Ruf mit aufkaufe?", fragte Giovanni mit gerunzelter Stirn. „Die fähigen Mitarbeiter haben die Flucht ergriffen und bettelnd vor meiner Tür um einen neuen Job ersucht. Die Lieferketten sind bereits zusammengebrochen, was ja auch zu dieser Sitzung geführt hat. Wo liegt für mich der Anreiz?"

„Vielleicht im Gesamtpaket", warf der Anwalt der Bertini ein. Er schob Giovanni ein Blatt zu, das der, nachdem er einen kurzen Blick darauf geworfen hatte, an Antonio weiterreichte.

„Wo liegt der Haken?", fragte der sofort seinen Berufskollegen.

„Darin, bei fast null anzufangen und einen schwarzen Fleck im Ruf auszuradieren, wie es Doktor Conti realistisch eingeschätzt hat", gab er bekümmert Auskunft. „Signora Bertini ist völlig verzweifelt, weshalb sie sich zu diesem Schritt entschlossen hat."

„Nehmen Sie in die Bedingungen auf, dass die Dame jeglichen Rufmord zu unterlassen hat, wer auch immer das Gut kaufen mag", sagte Giovanni, mehr als finster dreinblickend.

„Sie lehnen ab?", schnappte der Anwalt regelrecht entsetzt.

„Ich sollte es tun", brummte Giovanni und fügte nach einer langen Kunstpause, in der ihn alle bittend anschauten, hinzu: „Regeln Sie den Verkauf mit Doktor Carrara."

Der Bürgermeister blies die angehaltene Luft aus und wischte sich den Schweiß von der Stirn. „Noch so eine Aktion und ich bekomme einen Herzinfarkt!"

„Dass die nächste Rennsaison unter diesen Umständen ohne meine Zuwendungen auskommen muss, ist Ihnen hoffentlich bewusst", merkte Giovanni düster an, worauf die Ratsherren vorsichtig nickten.

Die Anwälte zogen sich für den Kaufabschluss zurück. Giovanni fuhr nach Hause.

„Und?!", fragte Lea, als er mit undefinierbarer Miene zur Tür hereinkam.

„Ich habe den Berg für drei Viertel des tatsächlichen Wertes gekauft, mit allem, was immobil oder mobil darauf ist", gab er nun lächelnd bekannt.

„Das heißt?"

„Dass ich die Hälfte mit Geld vom noch nicht ganz leeren Hochzeitskonto bezahlen werde und den Rest mit meinen Geschäftsrücklagen für Investitionen", grinste Giovanni. „Antonio ist soeben dabei, den Schriftkram abzuzeichnen. Es kann also verhalten gefeiert werden."

„Nachdenklich wirkst du schon sehr", stellte Lea fest.

Giovanni nickte. „Ich muss den zusätzlichen Standort nun irgendwie auf meinen Namen bringen, was ich eigentlich nicht wollte."

„Es geht also nur um den Namen", vergewisserte sich Lea.

Sein Nicken fiel etwas verloren aus.

„Wie wäre es mit Lea Conti? Dann bist du aus dem Schneider, weil man mir die Schuld geben kann."

Er schaute sie völlig verblüfft an. „Du würdest für mich den Prügelknaben spielen?"

„Warum nicht? Ich kann hergehen und sagen, ich hab versucht, was draus zu machen, ging aber nicht. Jeder wird es glauben, weil ich von den Reben keine Ahnung habe."

Giovannis Miene hellte sich auf. „Aber du bist Weinexpertin und kannst einschätzen, was einen Tropfen minderwertig macht. Und du bist Handwerksmeisterin, weißt also grundsätzlich, wie man ein Unternehmen führt. Geniale Konstellation. Ich muss mit Antonio sprechen!" Er blieb, die Klinke in der Hand, stehen. „Könntest du dich unter diesen Voraussetzungen durchringen, die Leitung des neuen Gutes in die Hand zu nehmen, bis wir einen loyalen Geschäftsführer gefunden haben? Ich weiß, wie vermessen die Bitte ist, weil alles am Boden liegt."

„Wenn du im Hintergrund die Fäden ziehst, sage ich zu", erklärte Lea mit fester Stimme. „Ich werde tun, was zum Vorteil der Familie getan werden muss."

„Danke Schatz! Das ist viel mehr, als ich erhofft habe." Giovanni beeilte sich, mit Antonio zu sprechen.

„Wäre nicht schlecht, wenn du dich noch fünf Minuten gedulden könntest. Ich parke gerade vor eurem Haus ein", bekam er zu hören und legte wieder auf.

„Du hast dich doch hoffentlich nicht plötzlich anders entschieden?", fragte Antonio beunruhigt, als er Giovanni gegenüberstand.

„Ach was! Ich habe nur mit Lea den Deal ausgehandelt, dass ich ihr den neuen Weinberg zur Nutzung überlasse. Sie wird auch wirklich die Geschicke lenken, solange wir nicht anders darüber befinden."

„Tz, tz, tz und da mache ich mir tagelang einen Kopf, wie der Name zu Conti wird und trotzdem nicht auf dich schließen lässt. Die Lösung ist echt genial." Antonio rieb sich vergnügt die Hände.

„Eine Bedingung habe ich!", rief Lea. „Ich will mein verschnörkeltes L ins Logo haben."

„Daran soll es nicht scheitern", lachten die Männer.

„Morgen werden die Zeitungen über den Eigentümerwechsel berichten und ich möchte fast wetten, dass sich einige Ehemalige melden werden, um wieder auf *ihrem* Berg arbeiten zu dürfen", erklärte Giovanni. „Ich hatte stets gebeten, Geduld zu haben, wenn jemand bei mir anfragte."

Die Radiosender gaben bereits in den Abendnachrichten bekannt, dass das Weingut erhalten bleiben werde, wenn man auch noch nichts Genaues wisse.

Der Erste war der Kellermeister, der Lea kontaktierte. Woanders hätte man ihn die zweite oder dritte Geige spielen lassen, vom Geld gar nicht zu reden. Er bekam, was er bisher hatte, aber mehr Eigenverantwortlichkeit und Kompetenzen. Er führte seine neuen Arbeitgeber auch am nächsten Morgen durch das Areal und beantwortete unzählige Fragen. Schnell hatte er begriffen, dass der Berg Giovanni gehörte und Lea ihn bewirtschaftete. Beide standen auch zur Verfügung, wenn es Fragen oder produktionstechnische Veränderungswünsche geben würde.

Wünsche – ein Wort, das der Sprachschatz der Bertini gar nicht enthalten hatte. Es gab Befehlshaber und Befehlsempfänger. Und die hatten zu spuren. Aber *rapido!*

Giovannis Handy summte. „Ha, da ist eine Nachricht vom Designer deiner Flaschen-Etiketten. Roter Untergrund, goldene Schrift und deine Initialen, das verschnörkelte L mit einem genau so verschnörkelten C." Er zeigte die Bilder Lea, aber auch dem Kellermeister.

„Die sehen richtig edel aus", staunte der. „Ich werde mir die größte Mühe geben, den Inhalt den hohen Erwartungen anzugleichen, die das Etikett vermittelt."

„Das höre ich gern!", erwiderte Lea. „Ich habe vor, auch ein Geschenkset für Damen zu kreieren: eine Flasche Wein, ein graviertes Glas mit dem Logo und ein Olivenholzarmband. An die Conti-Spitzenweine werden wir hier nie herankommen, so suchen wir unser Heil in einer Nische, die mein Mann nicht im Visier hat."

„Brillanter Plan", bestätigte Giovanni. „Die Sets werden garantiert auch die kleinen Händler in Siena ins Sortiment nehmen."

„Und damit wir die Kosten minimieren, beginnen wir im Zellglasbeutel mit Juteband als Verschluss", legte Lea gleich noch fest. „500 Stück zum Testen?"

Der Kellermeister nickte. „Das sollten wir mit den vorhandenen Beständen hinkriegen. Wir müssen nur umetikettieren."

Damit konnte zwei Tage später begonnen werden. Die alten Firmenschilder auf dem Gelände hatten der Einfachheit halber Klebecover aus wetterfester Folie bekommen.

„Wir müssen erst mal den Hintern mit wenig Geld hochkriegen", wies Lea ihre Leute an. „Erst wenn regelmäßig welches reinkommt, können wir investieren. Wir sind nah genug an der Stadt, um Besichtigungen für Gruppen mit Vororder anbieten zu können. Vielleicht lässt der Nahverkehr mit sich reden und legt eine Haltestelle in die Nähe der Auffahrt. Das wäre auch für viele unserer Arbeiter sehr hilfreich."

„Die und der Nahverkehr werden Ihnen die Füße küssen!", rief der Kellermeister. „Die Bertini sind mehrmals von beiden Seiten angesprochen worden, haben es aber vehement abgelehnt."

„Prima, dann werde ich gleich heute auf den Busch klopfen", sagte Lea sehr zufrieden. Sie nahm sich auch viel Zeit für Journalisten. Schließlich musste die Werbetrommel für die neuen Produkte gerührt werden. Und immer wieder betonte sie, dass die beiden Weingüter für unterschiedliche Endkunden produzierten. „Ich bin praktisch für den Spaßbereich zuständig, mit leichten Tafelweinen im unteren und mittleren Preisbereich, sowie mit Sets, die man auch mal nebenbei, an gute Freundinnen, verschenken kann. Und wir verpacken umweltbewusst mit kompostierbarem Cellophan und Juteband." Sie hielt zwei unterschiedliche Weine mit Glas und Armband im Zellglasbeutel, in die Kameras.

„Ich glaube, du hast mit deiner Umweltbotschaft einen Treffer gelandet", staunte Giovanni, als das Interview in den Zeitungen erschien und sofort mehrere Bestellmails eingingen.

„Das war Rettung in höchster Not, weil mir langsam die Argumente für unsere Weine ausgingen", stöhnte Lea.

„Ich schicke die guten Nachrichten deinen Eltern. Die wissen ja noch gar nicht, dass du erfolgreich ins Weingeschäft eingestiegen bist", erklärte Giovanni, eine lange Mail mit mehreren Anhängen zusammenstellend.

Kurz darauf erklang der Skypeton und sie unterhielten sich fast eine Stunde mit Klara und Leopold über die plötzlichen Veränderungen. Logisch, dass beide am nächsten Tag die Neuigkeiten stolz in der Nachbarschaft verbreiteten. Ein paar Tage später kamen zwei Geschenksets unterschiedlicher Weine und Klara lud ihre Freundinnen auf einen Mädels-Abend zur Verkostung ein. Die kleine Einfamilienhaussiedlung feierte Karrierefrau Lea.

„Unsere Flitterwochen machen wir trotzdem, wie geplant", versprach Lea, weil Giovanni befürchtete, sie würde aus lauter Stress darauf verzichten. „Mein Kellermeister weiß sich zu helfen und, dass wir nicht aus der Welt sind, wenn ihm wirklich etwas auf den Nägeln brennt."

„Du brauchst dringend eine Auszeit, so blass, wie du seit Tagen bist", stellte Giovanni besorgt fest.

Lea schmunzelte. „Ist dir wenigstens auch aufgefallen, dass ich seit Tagen jedem Tropfen Alkohol aus dem Weg gehe?"

„Jetzt, wo du es sagst ..." Er brauchte einige Sekunden, um zu begreifen, dann ließ sein Jubelschrei das ganze Haus erzittern. Er zog Lea übervorsichtig auf seinen Schoß. Die lachte herzlich.

Ähnliches Jubeln hörten sie kurz darauf von Leopold und Klara. „Lasst ihr das Geschlecht bestimmen?", fragte Klara.

„Nein, denn das ist völlig egal", antworteten Lea und Giovanni wie aus einem Mund und Giovanni fügte fröhlich blinzelnd hinzu: „Wir leben ja nicht mehr im Mittelalter, was irgendwelche Erbfolgen betrifft. Wir werden das Krümelchen aber durchaus traditionsbewusst erziehen, wie es sich für *contradaioli del drago di Siena,* und erst recht für Conti meiner Linie, gehört."

Bei den Reisevorbereitungen plante Giovanni um. Im Normalfall wären sie mit Fahrerwechsel die rund 530 Kilometer über die E80 und A10/E80 gefahren. Nun legte er fest: „Wir übernachten auf halber Strecke."

„In Genua?", fragte Lea sofort und freute sich, als er das bejahte. „Oh, da haben wir ja richtig Zeit, einige Dinge zu bestaunen, die ich auch nur im Schnelldurchgang besucht habe!"

„So ist der Plan, mein Schatz. Und was wir auf dem Hinweg nicht schaffen, nehmen wir auf dem Rückweg in Augenschein." Diesen Plan hielt getreulich Giovanni ein.

In Cannes stellte er den Wagen in ein bewachtes Parkhaus und tigerte mit Lea zum Hafen, wo eine mittelgroße Motoryacht vor Anker lag. „Segeln ist nicht. Deine Sicherheit hat oberste Priorität. Ich habe auch keine Lust, einen Segler mit Besatzung zu nehmen, um sechs Tage mit völlig fremden Menschen meinen Urlaub auf engstem Raum zu verbringen."

„Dafür bin ich dir sehr dankbar", strahlte Lea. „So können wir unsere Zeit einteilen, wie wir und der Wettergott es für richtig halten."

Es wurden grandiose Tag, in denen sie die Inseln umrundeten und schließlich auch zu Fuß erkundeten. „Von so etwas habe ich immer geträumt!", seufzte Lea, Wind und Sonne auf der Haut spürend.

„Ich bin glücklich, dir Träume erfüllen zu können", flüsterte Giovanni, sie fest im Arm haltend.

Auf dem Rückweg durchstreiften sie in Genua wieder die *Caruggi,* die schmalen Gässchen, der unteren Altstadt, die an manchen Stellen nur zwei Meter breit sind.

„Weißt du eigentlich, dass hier noch nie ein Sonnenstrahl bis auf den Boden gelangt ist?", fragte Lea.

„Gewusst habe ich es nicht, aber geahnt", gab Giovanni zu. „Und ich staune immer wieder, wo du schon überall gewesen bist. Genua ist ja nicht unbedingt der ganz große Touristenmagnet."

„Völlig zu Unrecht, wie du ja inzwischen gemerkt hast", erwiderte Lea.

„Zudem macht es mich richtig stolz, dass du auch die neuere Geschichte meines Heimatlandes kennst", bekannte Giovanni, auf Rapallo und die Verträge von 1922 anspielend, über die sie im Auto debattiert hatten.

Über die Arbeit zu reden, hatten sie sich während der beiden Flitterwochen komplett verknif-

fen, auch wenn sie täglich Mails und Datenver-
läufe checkten. Zu Hause war bei Ankunft alles
in Ordnung und sie genossen die letzten Stunden ganz in Ruhe und trafen sich mit ihren
Freunden zum Abendbrot im Restaurant. Ab
dem nächsten Tag werde es wieder hektisch
genug werden.

Mit allem gut im Rennen

Antonio kam diesmal in Begleitung einer jungen Frau, die Giovanni bekannt vorkam. Es stellte sich heraus, dass sie die Tochter jenes Papierfabrikanten war, wo er Verpackungsmaterial und Kartonagen kaufte. Antonio hatte sie rechtlich beraten, als sie ihre ganz frische Ehe mit einem der in der Rotlichtaffäre genannten Männer annullieren ließ. Irgendwie stimmte die Chemie und so trafen sie sich bald nicht nur geschäftlich. Die Familie empfing den erfolgreichen Anwalt mit weit offenen Armen. Hatte er ihnen doch eine Laus aus dem Pelz entfernt, ehe ihrem Unternehmen ernsthafter Schaden durch die Verurteilung des Exschwiegersohns entstand.

Im Lauf des Abends wurde sichtbar, dass die beiden Frauen ausgezeichnet miteinander klarkamen. Die Freunde atmeten auf, stand doch den traditionellen privaten Treffen, nichts im Wege. Nur Manuele wirkte etwas bedrückt.

Giovanni sprach ihn schließlich darauf an, als sie sich zufällig allein auf dem Gang vor den Toiletten trafen.

Manuele atmete tief durch. „Ich muss in den nächsten Tagen eine weitreichende Entscheidung treffen, die euch alle möglicherweise etwas schocken wird."

„Willst du Siena verlassen?", fragte Giovanni überrascht.

Manuele schüttelte ganz langsam den Kopf, kniff die Augen zusammen und schaute ihn prüfend an. „Vielleicht weißt du ja mehr, als ich ahne. Ich ... ich ... ich habe vor meine beiden Kinder und deren Mutter zu mir zu holen. Der, der felsenfest glaubte, der Vater zu sein, ist seinem schweren Krebsleiden erlegen."

„Tu das!", bekräftigte ihn Giovanni in diesem Vorhaben. „Wir stehen alle zu dir."

„Warum wundere ich mich nicht, dass du dich nicht wunderst?", murmelte Manuele kopfschüttelnd, ihm dankbar auf die Schulter klopfend.

„Wie alt sind die Kleinen?", fragte Giovanni.

„Vier und zwei Jahre alt", gab Manuele sichtlich ruhiger Auskunft. „Ein Junge und ein Mädchen. Und das Dritte ist unterwegs."

Giovanni lächelte verschmitzt. „Bestens, dann hat unser Krümelchen Spiel- und vielleicht sogar einen Klassenkameraden!"

„Wir wollten schon einen Suchtrupp losschicken", witzelte Antonio, als die beiden wiederkamen.

„Männergespräche, mein Lieber", lachte Manuele. „Ich werde demnächst deine unschätzbaren Dienste in Anspruch nehmen, um meine Kinder zu legitimieren."

„Ohoooo! Aber gerne doch!", staunte Antonio, weil Manuele das Thema direkt und so offen ansprach.

„Ich werde die Mutter vermutlich nach Ablauf des Trauerjahres ehelichen, damit endlich geregelte Verhältnisse einziehen", erklärte Manuele ganz ruhig. „So es die Zeitungen breitschmieren wollen – bitteschön. Ich stehe dazu."

Antonio winkte ab. „Ich kümmere mich schon, dass sie die Informationen nicht verdrehen, die sie irgendwo aufschnappen."

„Wir werden da sein, wenn ihr uns braucht!", versprachen Lea und Giovanni.

Manuele nutzte die Gunst der Stunde, weil sämtliche Medien bereits in Aufregung wegen des Juli-Palio waren. Völlig auf das Rennen fokussiert, fiel nur den direkten Nachbarn auf, dass plötzlich zwischen den LKW, die den Sand brachten, ein Möbelwagen vor der Tür stand. Und weil man die junge Frau schon mehrfach hier gesehen hatte, hieß es bald im Viertel, der Doktor habe bisher eine Fernbeziehung geführt. Weil die Kleinen *Papa* zu ihm sagten, festigte sich der Gedanke, der ja sogar nicht einmal gelogen war, recht schnell. Antonio nahm die positiven Vaterschaftstests für die Kinder entgegen und bald darauf bekamen sie neue Papiere.

Manuele und Gianna hatten auf die vielen Fragen der Neugierigen stets wahrheitsgemäß geantwortet, dass es seine Kinder seien. Nach einer Woche waren Aufregung und Neugier vergessen und die Kleinen lebten sich rasch ein. Warum Gianna schwarz trug, hinterfragte keiner. Das machten viele, wenn nahe Angehörige verstorben waren.

Lea und Giovanni entschlossen sich kurzfristig, den Pferderennen des Jahres doch Spenden zukommen zu lassen, wobei sie Gelder aus beiden Weingütern zusammenzogen. Lea brachte eine Palio-Edition ihrer Geschenksets in Umlauf. Indem der Inhalt auf einer mit dem Wappen der Contrada del Drago bedruckten Pappe arrangiert war und auch die Schleife in Farben altrosa und grün prangte, eingefasst von gelb.

Giovanni kratzte sich erstaunt am Kinn, als drei Tage vor dem Rennen die Bestände komplett ausverkauft waren. Die Händler hatten zugeschlagen, als sie erfuhren, dass die Conti allen Widrigkeiten zum Trotz wieder unter den Sponsoren waren.

„Für nächstes Jahr wird es eine Luxusausführung geben", merkte Lea an. „Dann lasse ich Halstücher unserer Contrada mit hinein einpacken. Und auch zeitig genug. Ich bin aber trotzdem froh, dass mir die Idee mit dem Wappen gerade noch rechtzeitig gekommen ist."

„Hilfe, meine Frau ist mein schärfster Konkurrent!", schmunzelte Giovanni, liebevoll ihren Bauch streichelnd, der langsam das wachsende Leben erahnen ließ. „Deine spontanen Aktionen sind genau der richtige Anreiz für die kleinen Händler der Stadt. Keiner kann sie planen und jeder will dann der sein, der etwas hat, und alle hoffen, dass die anderen in Röhre schauen. Denn inzwischen wissen sie, dass deine Sondereditionen wirklich limitiert sind."

„Und am besten ist, dass alles nur über Mund-zu-Mund-Werbung läuft und fast nichts kostet. Die Arbeiter und Praktikanten erzählen herum, dass wir was zusammenpacken und dann kommen die Anrufe der Händler, die wissen wollen, ob was dran ist am Gerücht." Lea kuschelte sich an Giovannis Schulter. „Ich hoffe sehr, dass wir eine gute Ernte haben werden, um wenigstens ein bisschen Vorlauf für alles zu bekommen."

„Ich bin stolz auf dich. Darauf, dass du es in den paar Wochen geschafft hast, ein funktionierendes Notsystem zu installieren und vor allem, dass die Produkte deiner beiden Firmen in der ganzen Stadt bekannt und beliebt sind."

„Ich werde auch die Leitung des Weinguts nicht mehr aus der Hand geben. Ich habe Traubenblut geleckt", erklärte Lea rigoros.

Giovanni nickte erfreut. „Sehr gut. Ich werde persönlich in den Wochen einspringen, wo du dich ganz intensiv um das Krümelchen kümmern musst. Ach, wenn das mein Vater hätte erleben dürfen! Du wärst für ihn glatt die Verkörperung einer Weingöttin gewesen."

Am Abend war die Wahl des *capitano,* des Mannschaftsführers, für das Rennen. Die Drachen entschieden sich einstimmig für Giovanni. Dieser Posten garantierte ihm für volle vier Tage die Befehlsgewalt über die gesamte Contrada.

„Wollt ihr mich bei Laune halten?", fragte er schmunzelnd.

Der Bürgermeister grinste. „Wenn das auch mit dabei rauskäme, wäre ich mehr als zufrieden. Aber Spaß beiseite: Wer hier Ureinwohner ist und große Firmen dirigieren kann, ist die beste Besetzung. Wir haben alle keine Lust auf kleinliche Querelen, nachdem die Wellen in den letzten Wochen ziemlich hochgeschlagen sind. Übermorgen ist schon die *tratta,* die Auslosung der Pferde. Sie sind einer der Wenigen, die die Emotionen in die richtigen Bahnen lenken könnten, wenn uns Fortuna ein schlechtes Pferd zuspielt."

„Ach, so hüpft der Hase!" Giovanni schüttelte amüsiert den Kopf.

„Der *barbaresco,* der Pferdeknecht, der es bis zum Rennen bewachen wird, ist schon da", erklärte der Bürgermeister weiter. „Ich gebe also übermorgen die Geschicke unserer Contrada in Ihre Hände."

Bei der Auslosung hielt sich die Freude über das zugeteilte Pferd in Grenzen. Richtig Jubelstimmung herrschte nur in der *Nobile Contrada dell'Oca,* der Contrada der Gans.

„Lasst euch doch nicht verrückt machen!", rief Giovanni, „oft genug hat ein schlechteres Pferd unter einem risikofreudigen Jockey gewonnen. Und unser *fantino* heißt mit zweitem Vornamen Risiko."

Am Tag des Palio war die ganze Altstadt in hellem Aufruhr. Lea genoss mit den anderen beiden Frauen und Manueles Kindern die grandiose *passeggiata,* den mittelalterlichen Einmarsch der Contraden auf die Piazza del Campo, die Ankunft der Pferde und des Fahnenwagens mit dem aktuellen Palio, den es zu erringen galt.

Das Rennen selbst schauten sie sich mit den Kindern im Fernsehen an. Die Strapazen waren ihnen einfach zu groß, denn Gianna stand schon kurz vor der Niederkunft.

„Giovanni macht eine fantastische Figur als *capitano"*, stellte Claudia fest, als er mehrmals groß von den Kameras eingefangen wurde. „Da merkt man, dass er die Sache im Griff."

„Es hat ihm aber auch ein paar schlaflose Nächte gebracht", verriet Lea. „Manchmal ist es nicht hilfreich, Perfektionist zu sein."

„Gleich ist der Start!", fieberte Gianna mit. „Mal schauen ... zu spät, da ging das erste Pferd samt Reiter zu Boden, weil es sich im Startseil verheddert hat!"

„Unser Mann ist vorn!", rief Lea. „Oh mein Gott! Jetzt hätte er fast die gepolsterte Hausecke touchiert!"

„Die hat es in sich", murmelte Claudia. „Der soeben dort dran geknallt ist, braucht jetzt sicher einen Eisbeutel."

„Hauptsache das reiterlose Pferd prescht nicht los und überholt unseres", stöhnte Lea.

„Da kommt einer von hinten! Oh nein! Das gibt es doch nicht! Lauf! Lauf! Lauf!", schrie Claudia, während die beiden Kinder wie gebannt den Mann im altrosa/grünen Anzug anstarrten.

„Sieg! Sieg! Sieeeeeg!" Lea sprang auf und jubelte. „Giovanni hat wieder einmal recht behalten. Hier macht nicht das Pferd die Musik, sondern der Wagemut des Jockeys."

Die Mitglieder der anderen Contraden lagen sich weinend in dem Armen, während in der Contrada del Drago der Wahnsinn eines glatten Start Ziel Sieges tobte und tagelang gefeiert wurde. Dass man Giovanni überall wie einen siegreichen Feldherrn empfing, gehörte genau so dazu, wie man ihm vier Tage lang aufs Wort gehorcht hatte.

Die Minnichs wurden mit Bildmaterial geradezu überhäuft und deren Nachbarn bekamen riesengroße Augen.

Eine Woche später kam Giannas und Antonios drittes Kind auf die Welt – ein Junge. Giovanni musste sich noch bis Anfang Februar gedulden. Lea konnte seine Aufregung sehr gut verstehen.

Den Befehl über den August-Palio zu übernehmen, lehnte Giovanni ab, weil die Trauben seine ganze Aufmerksamkeit forderten. Und Lea. Bei ihr musste er ständig bremsen, damit sie sich nicht übernahm, denn sie wirbelte nicht nur für ihr Weingut. Beinahe nebenbei entstanden noch die vielen Schmuckstücke, die sie über ihr erstes Unternehmen auch an das Weingut verkaufte.

Zwei Tage nach dem August-Palio, den diesmal die Contrada della Tartuca, die Contrada der Schildkröte, gewann, reisten die Minnichs für fünf Tage an. Mit vollster Absicht so, dass ein Wochenende eingeschossen war, damit sich Lea nicht genötigt fühlte, die Arbeit ihretwegen länger ruhen zu lassen.

Aber Lea verband wieder das Angenehme mit dem Nützlichen und kümmerte sich, als ihre Eltern den Weinberg erkundeten, direkt vor Ort um kleine und große Probleme. Die Bushaltestelle war inzwischen gebaut worden und wurde gut frequentiert, weil nicht nur die Arbeiter hier ein- und ausstiegen. Unzählige Ruhesuchende kamen aus der Stadt zum Wandern. Die verursachten Schäden hielten sich in Grenzen, sodass ein Schild am Eingang nur darum bat, die Wege nicht zu verlassen.

„Wenn uns nicht noch ein Hagelsturm in die Quere kommt, werden wir eine große Menge in sehr guter Qualität vergären können", sagten die Winzer.

„Und wie sieht es mit dem Weihnachtsgeschäft aus?", wollte Lea wissen.

„Nicht so rosig aus eigener Produktion ..."

Lea schmunzelte. „Das ist dann wohl unterschwellig der Vorschlag, vom Gut meines Mannes zuzukaufen?"

„Ja, das kann man durchaus so bezeichnen", blinzelte der Kellermeister. „Abfüllen ist kein Problem, Etikettieren und Verpacken auch nicht."

Lea zückte das Telefon. „Hallo Giovanni, hast du Lust auf eine limitierte Familienedition Conti Weihnachten? Wir bräuchten nämlich dringend ein paar Fässer Rotwein."

Das schallende Lachen am anderen Ende der Verbindung ließ die Winzer und den Kellermeister grinsen.

„Deine Weinflasche mit Zipfelmütze, mein Glas, mein Armband und auf den Cellophanbeutel kleben wir das Schild der Familien-Weihnachtsedition. Verschluss nur einfach, sonst wird es zu teuer", entwickelte Lea ihre Idee. „Klappt? Super! Ich schicke morgen früh den LKW rüber." Sie hob den Daumen für ihre Leute.

Vater Leopold amüsierte sich prächtig, wie Lea aus dem Stegreif Geschäftsideen entwickelte, und Giovanni immer bereit war, sie dabei zu unterstützen. Er ließ sie in Ruhe austesten, wofür auf seinem Gut keine Möglichkeiten mehr bestanden. Und Lea besetzte Nische um Nische, indem sie sich auf das Besondere, das den Endverbraucher nicht viel kostete, konzentrierte. Urlaubsmitbringsel und Feiertagsgeschenke. Die einen nahmen den Wein als Hauptsache an, die anderen das gravierte Glas und für die Dritten war das Armband das Wichtigste im Set.

Als ein Händler auf die Idee kam, man könne ja noch ein kleines Kinderspielzeug einpacken, gab Lea eine ziemlich harsche Absage: „Kinder und Alkohol in Verbindung zu bringen ist der Gipfel der Geschmacklosigkeit."

Dass der Händler die ganze Bestellung zurückzog ließ den nächsten frohlocken, der stattdessen den Platz auf der festen Liste bekam, weil Lea den Spieß einfach umdrehte. Natürlich verbreitete sich die Kunde wie ein Lauffeuer in der Altstadt. Spätestens jetzt hatten es die Letzten begriffen, dass Signora Conti feste Prinzipien hatte, nicht um jeden Preis Geld verdienen musste, und erst recht nicht lange fackelte, dies kundzutun.

Die Folge waren ein paar neue Aufträge für das kommende Jahr. Giovanni stellte erfreut fest, dass sich seine Investition gelohnt hatte. Leas schwarze Zahlen waren nicht groß, aber vorhanden, was so nicht zu erwarten gewesen war. Und die würden sicher wachsen.

Jetzt wuchs erst einmal das Krümelchen. Lea und Giovanni zogen es eisern durch, das Geschlecht nicht vor der Geburt zu erfahren. Zu Weihnachten kamen Leas Eltern nach Siena. Klara hatte in Vorfreude auf das Kleine Mützen, Jacken und Schuhe in neutralen Farben gestrickt. Statt Blümchen waren winzige Drachen aufgestickt und eingestrickt.

„Das ist superniedlich!", waren sich Giovanni und Lea einig.

Silvester feierten sie bei sich zu Hause mit Manuele, Gianna und den Kindern. Antonio und Claudia waren bei deren Eltern eingeladen.

„Es wir langsam beschwerlich", stöhnte Lea, wenn das Baby Turnübungen machte und deutlich kleine Füße gegen die Bauchdecke traten.

„Die paar Tage hältst du noch aus, Liebling", flüsterte Giovanni dann stets, sie zärtlich streichelnd.

In der Nacht zum ersten Februar wurde es hektisch. Das Krümelchen hatte keine Lust mehr im beengten, wenn auch kuschelig warmen Bauch zu bleiben. Giovanni war viel zu aufgeregt, um selbst zu fahren, und so rief er ein Taxi. Marcello stand zehn Minuten später auf der Matte. Er wollte zwar gerade die Schicht übergeben, sprang aber sofort wieder ins Auto, um diese Fahrt übernehmen.

In den Kreißsaal ging Giovanni nicht mit. „Ich mache dich mit meiner Nervosität nur völlig verrückt, was bestimmt nicht hilfreich ist", murmelte er und begann wie ein eingesperrter Tiger auf dem Gang entlang zu wandern. Jedes Geräusch, das er nicht einordnen konnte, erschreckte ihn. Als eine Stunde später Lea das richtige Atmen vergaß und schrie, wischte er sich den kalten Schweiß von der Stirn.

Endlich war es so weit, dass das Krümelchen lauthals seinen Unmut zum Ausdruck brachte, kaum geboren, kopfüber gehalten zu werden. Ein paar Minuten später hielt Giovanni das

Baby im Arm und Lea sagte lächelnd: „Den richtigen Befehlshaberton hat der kleine Duca schon drauf."

„Ein Junge?!", stammelte Giovanni freudig überrascht und drückte seinen Sohn mit einem Jubelschrei an sich.

Die Hebamme lachte herzlich. Es war selten geworden, sich nicht vorher zu informieren. „Es ist auch alles an den richtigen Stellen und die Entbindung ist komplikationslos verlaufen", fügte sie hinzu.

„Oh danke, danke, danke!" Giovanni hätte vor Glück die ganze Welt umarmen mögen. Er blieb bei Lea und seinem Sohn in der Klinik und nahm beide am nächsten Morgen stolz mit nach Hause.

Marcello hatte seinen Chef inständig gebeten, ihm die Tour zu geben, sobald sich Herr Conti melden würde. Er versprach, dafür das ganze Wochenende zu fahren, sollte es größere Umstände bereiten.

„Ich weiß ja, wie viel dir daran liegt", sagte der Boss schmunzelnd. „Schicke ich einen anderen, kann es zudem sein, dass die Conti nie wieder bei uns buchen. Ich halte dir die Tour irgendwie frei."

Marcello fuhr genau so stolz vor, wie der Papa seinen Sprössling in einem Arm trug und die Mama am anderen hinaus führte. Er gratulierte von ganzem Herzen und vermied auf der Fahrt jede winzige Unebenheit auf der Straße, als müsse er Nitroglycerin in seinem Taxi transportieren.

Eltern und Freunde hatten schon per Videochat gratuliert, realer und elektronischer Briefkasten steckte voller Glückwünsche. Giovanni hielt Lea in jeder Weise den Rücken frei, damit sie sich ausschließlich um Giordano, wie sie ihr Söhnchen genannt hatten, und um sich selbst kümmern musste. Wenn er je wirklich etwas gefürchtet hatte, dann, dass einem von beiden etwas zustoßen könnte. So kam auch Manuele einmal in der Woche auf einen Plausch vorbei, um, ohne zu nerven, nach dem Rechten zu schauen.

Giordano entwickelte sich prächtig, schlief nach drei Wochen nachts durch und meldete sich nur im Befehlston, wie Lea immer wieder lachend feststellte, wenn die Windel voll war. Zudem musste man sich vorsehen, so er irgendetwas zu fassen bekam – das ließ er nämlich nicht gleich wieder los.

„Er ist halt ein Conti", grinste Antonio. „Die geben generell nichts mehr her, was sie einmal haben."

Lea und Giovanni sahen sich an und zuckten lustig mit den Schultern.

Nach acht Wochen stieg Lea wieder ins Geschäft ein. Meist trug sie Giordano im Dyadetuch direkt am Körper, wo sich der Kleine pudelwohl fühlte. Sie gingen, als er zu krabbeln anfing, auch jeden Nachmittag für eine

Stunde zu Gianna, damit er mit deren drei Kindern spielen konnte und lernte, mit anderen zu teilen. Gianna nahm Giordano auch unter ihre Fittiche, wenn Lea und Giovanni Termine hatten, wo der Kleine absolut nicht dabei sein konnte. Manuele hatte Spaß daran, wie alle als richtig große Familie zusammen agierten. Und bald schon war deutlich zu spüren, dass sein jüngster Sohn Angelo zu Giordano die gleiche feste Freundschaft aufbaute, die Manuele mit dessen Papa pflegte.

Leas Eltern, als einzige Großeltern, mussten auch keine Sorge haben, an irgendetwas oder irgendwem gemessen zu werden. Sie freuten sich sehr, dass Giordano zweisprachig erzogen wurde. Giovanni, der eigentlich frohlockt hatte, kein Deutsch lernen zu müssen, tat das nun ganz nebenbei und hatte Spaß an der Sache. Und noch einer machte das quasi im Vorbeigehen sehr erfolgreich: Angelo, Giordanos bester Freund. Als ihm Leopold versprach, er dürfe eines Tages, wenn er etwas älter sei, mit nach Deutschland fliegen, legte er sich gleich noch mehr ins Zeug. Und er gab bekannt, dass er eines Tages deutsche Touristen durch Siena führen wolle. Da war er gerade mal vier Jahre alt.

Giordano, der mit allem Aufwuchs, was mit den Weinbergen der Eltern zu tun hatte, ließ keinen Zweifel daran, wie Mama und Papa werden zu wollen. Beide Conti erfüllte mit es mit Stolz, einen potenziellen Erben für die Weindynastie zu haben. Drei Jahre nach Giordano war das zweite Kind der Conti geboren worden. Und wieder hatten sie sich überraschen lassen, ob Junge oder Mädchen.

Giordano führte im Krankenhaus einen regelrechten Freudentanz auf, als es hieß: „Du hast eine kleine Schwester."

„Die habe ich mir gewünscht!", gab er stolz bekannt und war glücklich, das winzige Gesicht betrachten zu dürfen.

„Hast du denn auch schon einen Namen für sie ausgesucht?", fragte Giovanni erstaunt.

„Benedetta", kam pfeilschnell die Antwort.

Lea und Giovanni wechselten einen kurzen Blick. Für Giordano schien tatsächlich ein heimlicher Wunsch in Erfüllung gegangen zu sein.

Ein kurzes Nicken, dann verkündete Giovanni: „Ein schöner Name. So soll sie heißen."

Giordano legte zu Hause sogar seinen Lieblingskuschelbär als Willkommensgeschenk ins Babybett.

Am gleichen Abend stand Manuele mit Angelo vor der Tür. „Tut mir leid, stören zu müssen, aber der Kleine hat so gebettelt, Benedetta zu besuchen, dass ich mir echt keinen anderen Rat wusste. Er hat sogar gesagt, er will ganz still sein und auch gleich wieder gehen. Als ob er nicht selber eine Schwester zu Hause hätte." Der treue Hundeblick seines Sohnes erzählte ganze Bände.

„Kommt rein, ihr beiden!", lachte Giovanni. „Ein Mann muss tun, was ein Mann tun muss. Selbst dann, wenn er in einem Alter ist, wo er kaum über die Tischkante schauen kann."

Lea lachte ebenfalls herzlich. „Wer weiß, was die Knaben schon alles miteinander besprochen haben, so wie sich Giordano heute riesig gefreut hat, dass es eine Schwester ist."

Manuele hob Angelo hoch, weil Benedetta im Stubenwagen lag, der nicht niedriger als die Tischkante war. Der Kleine faltete andächtig die Hände und flüsterte: „Giordanos Baby-Schwester ist noch ganz winzig. Wir Großen müssen gut auf sie aufpassen."

Benedetta hatte also ab diesem Moment zwei ganz persönliche Beschützer – ihren Bruder und Angelo, der in die Kleine regelrecht vernarrt war.

Wenn er ihr Lieder vorsang, denen sie mit riesengroßen Augen lauschte, schmunzelte Giovanni. „Da übt sich aber einer zeitig im Minnesang."

„Gut möglich", blinzelte Lea vergnügt.

Im gleichen Jahr entschlossen sich Manuele und Antonio, ihre Liebsten zu heiraten. Beide verkündeten Feiern im engsten Kreis und ohne großen Pomp. Für Manuele und Gianna war es eine Formsache, um es den Kindern leichter zu machen.

Antonio wollte nicht, dass ein Kamel kam und das mühsam über Claudias Eheannullierung gewachsene Gras wegfraß. Sie hatte es auch an seiner Seite am Anfang nicht gerade einfach gehabt, in der feinen Gesellschaft nicht hinter vorgehaltener Hand mit Spott und Häme überschüttet zu werden. Sie gaben sich einen Monat vor Gianna und Manuele das Wort. Abgeschirmt von Rundfunk und Presse, ganz schlicht und nur mit einem luxuriösen Essen für Eltern und Freunde. Der Flitterurlaub sollte erst nach Manueles und Giannas großem Tag beginnen, weil sie den auf jeden Fall festlich mit begehen wollten.

Von dieser Hochzeit war dann doch etwas mehr durchgesickert, weil die Kinder ihren Freunden davon erzählt hatten. So kam es, dass die halbe Nachbarschaft winkend Spalier stand, als Manuele Gianna zum Traualtar führte. Ihre drei Kinder und Giordano streuten Blumen. Benedetta, die gerade erst mit dem Krabbeln begonnen hatte, beobachtete alles von Papa Giovannis Arm aus. Sogar ein lokaler Radiosender war da, um über Doktor Manuele Riccis Trauung zu berichten. Immerhin gehörte er zu denen, die sich um Contrada und Palio verdient machten.

Als die Kinder nach dem festlichen Fünfgängemenü in einer Ecke des blumengeschmückten Saals spielten, erklärte Angelo plötzlich Giordano: „Wenn ich groß bin, werde ich Benedetta heiraten."

Es wurde schlagartig still. Alle schauten Giovanni an. Der hob die Schultern. „Wenn er sie für sich begeistern kann und bis dahin in der Lage ist, eine Familie zu ernähren, werde ich der Letzte sein, der interveniert. So, wie er sich jetzt schon bei allem, was er tut, ins Zeug legt, wird er damit sicher keine Mühe haben. Aber bis es so weit ist, meine Lieben, fließen noch ziemlich viel Wasser den Tressa und Wein die Kehlen hinunter." Er nahm Lea in den Arm. „Wenn unsere beiden Sprösslinge die Tradition wahren, wird Siena auch in Zukunft die Volksfeststimmung von Eheschließungen des Hauses Conti erleben, egal ob Tochter oder Sohn und für wen sie sich entscheiden. Mein großes Glück saß auf der Mauer."

Er und die Gäste hoben die Gläser. „Ein Hoch auf das heutige Hochzeitspaar und alle Liebenden dieser Welt! Auf eine wundervolle Zukunft und Freundschaft, die ein Leben lang hält!"

Weitere Liebesromane:

 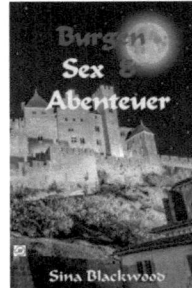 

Noch mehr Bücher und Informationen unter:
www.reni-dammrich-geschichtenzauber.de
www.sinas-drachen.com